FABLES

ANTHOLOGIQUES,

OU

LES FLEURS MISES EN ACTION.

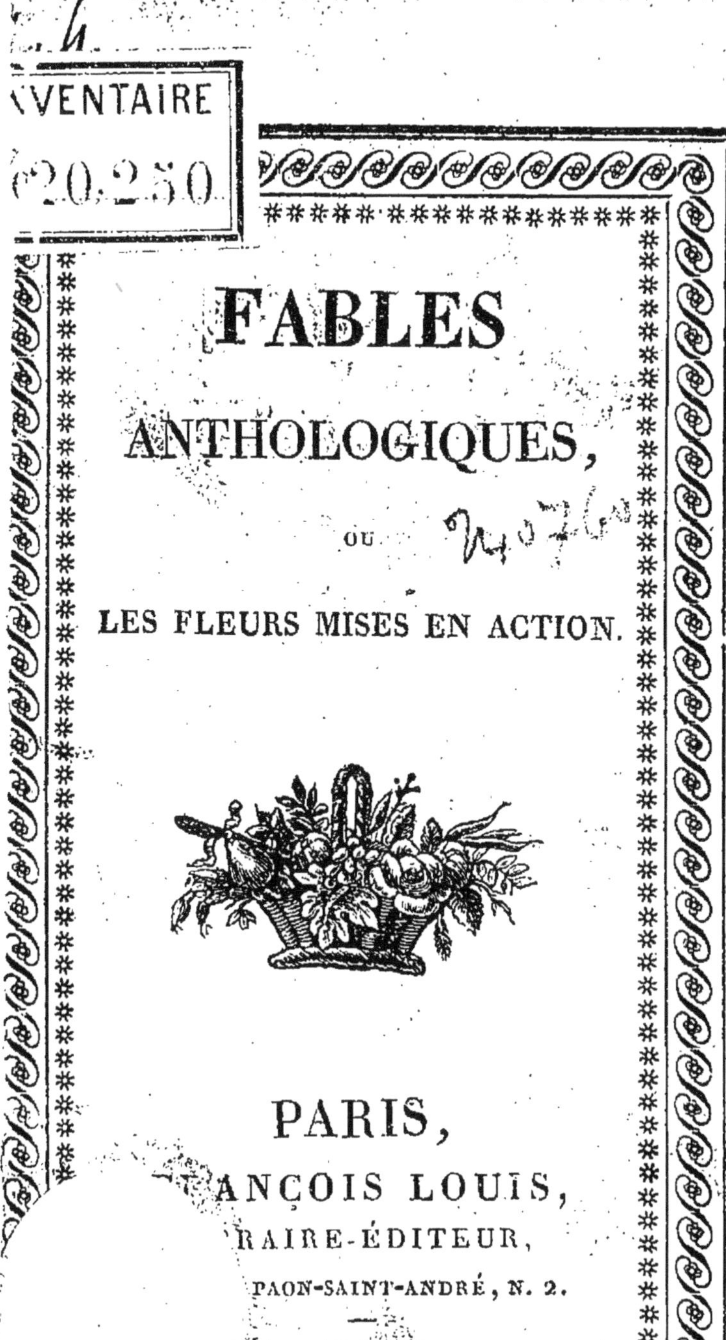

PARIS,

FRANÇOIS LOUIS,

LIBRAIRE-ÉDITEUR,

PAON-SAINT-ANDRÉ, N. 2.

—

1828.

FABLES

ANTHOLOGIQUES.

FABLES

ANTHOLOGIQUES,

ou

LES FLEURS MISES EN ACTION.

PAR ALBÉRIC DEVILLE, D. M.,

ANCIEN PROFESSEUR D'HISTOIRE NATURELLE
A L'ÉCOLE CENTRALE DE L'YONNE.

O fleurs, en tous les temps, égayez ma retraite!
FONTANES.

PARIS,

FRANÇOIS LOUIS,
LIBRAIRE-ÉDITEUR,
RUE DU PAON, N° 2.

1828

AVANT-PROPOS.

Là , pour nous enchanter tout est mis en usage ;
Tout prend un corps, une ame, un esprit, un visage.

BOILEAU, *Art poétique.*

L'UNIVERS est le domaine de la Fable. Tous les êtres organisés et inorganisés, nos passions et nos sentimens, fournissent des interlocuteurs à ce drame ingénieux, où, sous le voile de l'allégorie, la Morale donne d'utiles leçons. La Vérité est de toutes les beautés celle qu'on aime le moins à voir sans aucun voile ; la Fable lui prête son manteau diaphane ; et, à l'aide de ce vêtement, elle pénètre dans les boudoirs, dans les salons, et jusque dans les palais des Rois.

Depuis Ésope jusqu'à La Fontaine, et depuis La Fontaine jusqu'à Florian, mille auteurs se sont exercés dans ce genre agréable ; mais ils sont loin d'avoir épuisé la matière. L'étude de la Nature découvre chez les animaux et les végétaux des penchans ou des habitudes dont l'examen est aussi curieux qu'intéressant ; de sorte que les poëtes naturalistes peuvent mettre en scène des êtres qui, sans offrir entre eux aucune analogie, font jaillir de leurs dialogues des traits de lumière ou des préceptes de morale.

Les anciens fabulistes, interprétant le cri des animaux et le chant des oiseaux, les ont choisis de préférence pour acteurs de leurs fictions. Les modernes, voulant étendre le genre fabulaire, ont prêté aux objets inanimés le langage des passions. On trouve parmi les fables de La Fontaine *le Pot de fer et le Pot de terre, les Membres et l'Estomac, le Serpent et la Lime, le Cierge.* D'autres fabulistes n'ont pas craint de mettre en action les choses les plus bizarres et de rapprocher les plus disparates ; tel est, entre autres, ce poëte tourangeau dont la muse gaillarde fait entrer en conversation *la Créme et le Vinaigre* , *le Bigarreau et le Rasoir* , *les Paupières et la Pantoufle* , *la Lune et la Jarretière*.

La Fontaine et plusieurs de ses successeurs n'ont point pris les Fleurs pour sujets de leurs fables. Cependant le langage du *Chéne* et du *Roseau* autorisait celui des filles de Flore. Ce modèle sublime devait inspirer tous les fabulistes ; et chez un grand nombre de poëtes modernes les Fleurs, notamment les Roses, expriment les sentimens qu'on leur prête, d'après leurs formes, leur port, leurs couleurs, leur instinct et leurs propriétés ; ils ont donc mis en scène la Reine des Fleurs, le Lis majestueux, l'inconstante Tulipe, l'égoïste Narcisse, la coquette Belle-de-Jour, la modeste Violette, le narcotique Pavot, le triste Souci, etc.

Combien de comparaisons agréables, d'images riantes, d'allégories ingénieuses nous offre à chaque pas le règne charmant dans lequel la Nature a donné à ses merveilles tant de grâces, de magnificence et de suavité!

De tout temps les Fleurs ont été considérées comme le symbole de la jeunesse, de la beauté, de la reconnaissance. En Asie, les sentimens délicats de l'amour et de l'amitié s'expriment par des Fleurs; et, dans nos jeux de société, l'on s'amuse à former des bouquets dont chaque Fleur est un emblème. Nous voyons l'espérance dans sa verdure, l'innocence dans sa blancheur, la pudeur dans sa teinte purpurine. Ces douces allusions, aussi anciennes que le monde, ne vieilliront jamais; car chaque printemps en renouvelle les sujets.

Certains critiques prétendent qu'on

ne doit pas prêter un langage aux Fleurs, parce qu'elles n'ont pas l'organe de la parole. Cependant les meilleurs fabulistes font parler, non - seulement les végétaux, mais encore les minéraux. François de Neufchâteau, poëte ingénieux et correct, a mis en scène *la Cire et la Brique*, *la Cloche et son Battant*, *l'Eau et la Barque*, *la Fumée et la Flamme*. A l'exemple des mythologistes qui nous représentent Baucis changée en Tilleul, Cyparisse en Cyprès, Daphné en Laurier, Clytie en Héliotrope, Sirynx en Roseau, etc., les fabulistes peuvent bien accorder aux Fleurs le don de la parole.

Il est démontré que les végétaux ont de certains mouvemens analogues à ceux des animaux, et on ne peut se refuser à reconnaître en eux le phénomène de l'irritabilité. Pourquoi la timide Sensitive fuit-elle la main qui l'approche? Pourquoi se replie-t-elle promptement sur elle-même? Tout ce qui peut produire quelque effet sur les organes des animaux agit sur cette plante délicate. Ses feuilles s'ouvrent pendant le jour, et se ferment aux approches de la nuit, comme si la plante voulait goûter les douceurs du sommeil.

Le *Dionœa Muscipula*, vulgairement *Attrape-Mouche*, saisit des insectes vivans comme le ferait un oiseau de proie. A peine une mouche s'est-elle posée sur une de ses feuilles, que les lobes se rapprochent, l'enveloppent, la transpercent de leurs épines et ne l'abandonnent que lorsqu'elle a perdu la vie.

C'est surtout dans les organes sexuels que les mouvemens contractiles sont plus marqués, et que l'irritabilité se manifeste d'une manière plus générale. Les étamines du Chardon, de la Jacée, de la Centaurée, des Orchis, etc., se contractent et se relâchent si on les irrite. Ce phénomène est plus apparent lorsque les Fleurs sont près de s'épanouir.

Tous les végétaux cherchent la lumière, ils languissent et s'étiolent quand ils en sont entièrement privés. Il en est plusieurs qui semblent suivre le soleil dans son cours. L'épanouissement de certaines Fleurs dépend de l'atmosphère. Elles ne s'ouvrent point quand le ciel est nébuleux, et elles se ferment à l'approche de la pluie. Un assez grand nombre s'ouvre assez régulièrement à certaines parties du jour. Les Fleurs labiées et les Semi-flosculeuses s'ouvrent ordinairement le matin, les Malvacées avant midi, la plupart des Ficoïdes après midi, le *Geranium triste* sur le déclin du jour, le *Cactus grandiflorus* pendant la nuit. Linné a dressé une table des heures auxquelles s'ouvrent les principales Fleurs à Upsal, et il a donné à cette table le nom d'horloge de Flore.

Les fables que nous offrons aux amis des Fleurs ont été d'abord composées en prose dans le but d'animer les leçons d'un cours de botanique. Ce moyen nouveau de fixer dans la mémoire les caractères et les propriétés des plantes singulières ou peu connues, ayant paru à plusieurs botanophiles digne d'être propagé, nous avons pensé que les vers y prêteraient quelque charme. On nous pardonnera, sans doute, la gaieté du dialogue en faveur de la bizarrerie de quelques sujets.

Nous avons placé à la suite de ces fables, et par ordre alphabétique, des notes sur les végétaux qui s'y trouvent mis en action.

A. D.

FABLES

ANTHOLOGIQUES*.

✦✦✦✦✦✦✦✦✦✦✦✦✦✦✦✦✦✦✦✦✦✦✦✦✦✦✦✦✦

PROLOGUE.

AUX FLEURS.

O vous, qui reçûtes le jour
D'un sourire de la Nature ,
Vous, dont la brillante parure
De l'homme embellit le séjour,
Aimables Fleurs , à votre étude
Le sage , dans la solitude,
Trouve des attraits ravissans ;
Occupé de travaux utiles ,
Des plaisirs doux, purs et faciles
Enivrent son cœur et ses sens.

* Du grec *anthos*, fleur, et de *legô*, cueillir, choisir.

C'est pour vous offrir leurs hommages
Que d'intrépides voyageurs
Courent chez les peuples sauvages
Des climats braver les rigueurs.
La fatigue ou la faim cruelle
Vers une région nouvelle
Ne peut ralentir leur ardeur ;
Culte charmant, qui les entraînes,
Par toi se dissipent leurs peines
A l'aspect d'une simple Fleur.

❖❖❖❖❖❖❖❖❖❖❖❖❖❖❖❖❖❖❖❖❖❖❖❖❖❖❖❖❖

LE LILAS ET LA PÊCHE.

Le fruit exquis dont la peau veloutée
Flatte la main qui cherche à le cueillir ;
Dont la saveur par les gourmets vantée,
Procure au goût un suave plaisir ;
Dont le parfum fait naître un vif désir,
   Et dont la forme enchanteresse
   Plaît tant au Dieu de la tendresse,
La Pêche (tout lecteur la devine à ces traits),
Se montrait à Phébus sous ses feuilles légères ;
Et tous les végétaux qui peuplent les parterres
   Rendaient hommage à ses attraits.
Un Lilas, regrettant que sa fleur fût passée,
Leur dit d'un air jaloux : « Je n'ai point la pensée
   De décrier tant d'appas ravissans ;
   Mais écoutez, ce n'est point une fable :
Nous sommes nés tous deux au pays des Persans ;
Ma mère y connaissait les rustiques parens
   De cet arbre tant admirable.

Eh bien ! partout où l'on trouve un Pêcher,
On passe auprès sans y toucher ;
Ni sa fleur ni son fruit ne séduisent personne.
En vérité, chaque jour je m'étonne
Qu'en France ses produits le fassent rechercher. »

Depuis l'arbrisseau jusqu'à l'herbe,
Les connaisseurs furent tout ébahis ;
Mais on se rappela le vulgaire proverbe :
Nul n'est prophète en son pays.

❖❖❖❖❖❖❖❖❖❖❖❖❖❖❖❖❖❖❖❖❖❖❖❖❖❖❖❖❖❖❖❖❖

LA RONCE ET LA VULNÉRAIRE.

La Ronce, un jour, dit à la Vulnéraire :
« Bien plus que moi, tu comptes des amis. »
— « Je le crois bien, répond la plante salutaire :
Tu déchires, moi, je guéris. »

❖❖❖❖❖❖❖❖❖❖❖❖❖❖❖❖❖❖❖❖❖❖❖❖❖❖❖❖❖❖❖❖❖❖❖❖

LA TULIPE ET LA ROSE.

«FLEURS, qui naissez d'un bulbe entouré de cayeux*,
Contemplez en moi votre Reine ;
Et que tous les sujets d'une autre souveraine
S'empressent d'admirer mon éclat radieux ! »
Ainsi parlait la Tulipe orgueilleuse ,
Près de la fleur dont la tige épineuse
Blesse la main en séduisant les yeux.
La Rose lui répond : « Symbole d'inconstance ,
Il te sied bien de m'outrager,
Toi qui ne vis que pour changer
Et d'amis et d'amans , dont la folle dépense
Ne leur obtient qu'un plaisir passager ;
Sans force ni vertu , sans odeur ni feuillage ,
Sur ton grêle support tu n'offres qu'une fleur;
Et souvent on détruit ta sœur
Pour donner plus de prix à ton mince bagage.

* La Tulipe est la plus belle des fleurs à oignons.

Malgré ta bigarrure et ton grave maintien
Tu n'as jamais orné le sein d'une bergère ;
    Je tiens mon rang de l'art de plaire,
    Au caprice tu dois le tien. »

N'envions point les dons que le Temps peut détruire.
Pour régner sur les cœurs c'est peu de la beauté ;
    Elle ne sert qu'à les séduire ;
Il faut, pour les fixer, de l'amabilité.

❖❖❖❖❖❖❖❖❖❖❖❖❖❖❖❖❖❖❖❖❖❖❖❖❖❖❖❖❖❖❖❖❖❖

LE NARCISSE ET L'AMARANTE.

L'égoïste Narcisse, un jour, à l'Amarante
    Disait : « Je t'en prie, aime-moi. »
    — « N'y compte pas, lui répondit la plante ;
On n'est jamais aimé quand on n'aime que soi*. »

* *Si vis amari, ama.*

LE LINOT ET LE LYCHNIS.

Un sémillant Linot, venu d'Andalousie,
  S'était niché près d'un jardin français,
  Où mille fleurs rivalisaient d'attraits,
  Sans éprouver la moindre jalousie.
De la graine du Lin leste investigateur,
    L'oiseau de son aile légère
    Parcourait le riche parterre
Où les filles de Flore étalaient leur fraîcheur.
« Que je plains, répétait ce chantre voyageur,
    Leur existence sédentaire !
    Changer de nids et de climats,
  En divers lieux prendre divers ébats,
Tels sont les doux plaisirs qui seuls savent me plaire. »
Un Lychnis répondit : « Là, tu vois le bonheur :
  Ton naturel ambulant et volage
  Te classe au rang des oiseaux de passage,
Et ta tête légère égare un peu ton cœur.
Apprends qu'autour de nous végète mainte fleur
Qui pendant sa jeunesse a fait un long voyage.

Moi-même j'ai vécu parmi les Japonais,
Pour qui ma belle fleur a de puissans attraits.
La superbe Tulipe est née en Tartarie.
Le Phlox, au doux parfum, vient de la Sibérie,
Des plaines de Memphis, le tendre Réséda,
La riche Verge-d'Or, des bois du Canada.
Non loin du Romarin que vit naître l'Espagne,
Croît le bleuâtre Iris qui sort de l'Allemagne.
La douce Marjolaine, honneur du Simoïs,
Parfume l'Orme nain des bords du Tanaïs.
La Reine-Marguerite arrivant de la Chine,
D'un de nos beaux OEillets rappelle l'origine.
Enfin les végétaux, ornemens de ces lieux,
Dans les pays lointains ont tous quelques aïeux;
  Mais ils n'ont plus le même caractère;
Leur figure est changée ainsi que leur couleur.
Il faut pour être heureux ne point quitter sa mère;
  Un sort errant ne conduit qu'à l'erreur *. »

Objets de notre amour, êtres que rien n'égale,
Consacrez au repos votre ame et votre esprit:
Comme d'aimables fleurs la nature vous fit
  Pour l'ornement de la terre natale.

* Gresset, *Vert-Vert*.

LA ROSE BLANCHE
ET LE PAPILLON.

A l'ombre d'un épais taillis,
Croissait une Rose charmante
Dont la blancheur éblouissante
Aurait fait honte au plus beau Lis.
Un galant Papillon s'étant approché d'elle,
Lui dit d'un ton léger : « Qu'avez vous donc, ma belle ?
Éprouvez-vous d'amoureuses langueurs ?
Bien que piquante, en vérité, je n'ose
Vous décorer du nom de Rose ;
Vous avez les pâles couleurs ! »
De ce propos sans conséquence
Une autre fleur eût pu rougir....
Mais la timide Rose avait son innocence ;
Elle n'exhala qu'un soupir.
Choqué de son silence,
L'ami de l'inconstance
Alla plus loin courtiser le Plaisir.

Cette Rose était si jolie,
Qu'un amateur en orna son jardin ;
Il l'arrosait soir et matin ;
Un treillage empêchait qu'elle ne fût cueillie ;
Et Zéphire, déjà, la trouvait embellie ;
Du blond Phébus la féconde chaleur
De son teint virginal effaça la blancheur ;
Sa corolle devint vermeille * ;
En la voyant chacun cria : Merveille !
Et bientôt cette aimable fleur
A ses attraits dut son bonheur.

Que de Beautés dans l'ombre abandonnées,
Pourraient jouir d'un sort pareil !
D'éclat pour être environnées
Que leur faut-il ? Un rayon de soleil.

* La lumière agit continuellement sur les végétaux ; les fleurs lui doivent leur parure et leurs parfums. On sait que leurs couleurs sont plus vives, plus variées dans les climats où le soleil darde ses rayons avec une grande intensité.

LA TULIPE ET LE TULIPIER.

Un Tulipier, chargé de fleurs,
Brillait au milieu d'un parterre
Où la Rose, l'OEillet, l'Anémone et l'Astère
Étalaient à l'envi les plus riches couleurs.
Une Tulipe, entr'ouvrant sa corolle,
A l'Arbre américain adressa la parole :
« Mon cousin, lui dit-elle, en feignant la douceur,
Sans me targuer de l'éclat dont je brille,
Je puis dire à votre grandeur
Que nous sommes issus de la même famille ;
Ma grand'tante était votre sœur. »
— « Es-tu folle, petite amie,
De me prendre pour ton parent ?
Bien que ta physionomie
Offre mes traits, au demeurant,
Nous n'avons pas le même rang ;
Ta tige est herbacée, et la mienne est ligneuse ;

Sois un peu moins présomptueuse,
Et songe qu'entre nous tout est fort différent. »

Qu'un homme obscur arrive en place,
Il rencontre bientôt des parens, des amis ;
A-t-il un grand pouvoir ? tout lui paraît soumis ;
Mais où sont les flatteurs quand vient une disgrâce * ?

* *Tempora si fuerint nubila, solus eris.*

LE JARDINIER ET LE ROSIER.

« DEVRAIS-TU prendre l'offensive,
Rosier que je chéris, disait un Jardinier :
J'admire tes attraits ; mais ta piqûre est vive ! »

L'ingratitude est comme le Rosier,
Qui déchire, souvent, la main qui le cultive.

LA CLANDESTINE
ET LE CHAMPIGNON.

D'un Chêne bien touffu l'ombrage humide et frais
    Protégeait une Clandestine.
    « Je ne te conçois pas, voisine,
Lui dit un Champignon qui végétait auprès.
    Pourquoi donc caches-tu sous l'herbe
    Et tes vertus et ta beauté ?
    Vois cet Hélianthe * superbe
Qui devant nous fièrement s'est planté ;
    Lorsqu'il lève sa tête altière
    Tous les insectes d'alentour
De le fêter s'empressent tour à tour;
Et, malgré tes attraits, ta fraîcheur printanière,
    Aucun d'eux ne te fait la cour. »
    — « Je le plains, répond la Fleurette,
    D'attirer ainsi les regards ;
    Ce que tu prends pour des égards

Nom générique du Soleil à grandes fleurs.

N'est que l'avidité d'une troupe indiscrète
Qui le ronge de toutes parts*. »

Contens de peu, vivons loin de l'envie.
Pour être heureux il faut cacher sa vie.

* Des savans prétendent que la nature a donné aux fleurs leurs couleurs et leurs odeurs pour attirer les insectes qui doivent y trouver leur nourriture.

LES ÉPIS.

Dans un fertile enclos quelques maigres Épis
Avec orgueil levaient leur tête altière,
Regardant d'un air de mépris
Ceux qui la penchaient vers la terre.
Un gros Épi dit à tous ces hautains :
« Vous seriez, sans doute, moins vains
Si votre tête, trop légère,
Comme la nôtre était pleine de grains. »

✤✤✤✤✤✤✤✤✤✤✤✤✤✤✤✤✤✤✤✤✤✤✤✤✤✤✤✤✤✤

L'ÉPHÉMÈRE ET LE NOYER.

DANS les bois de la Virginie
Végète une modeste fleur
Remarquable par sa couleur,
Et d'une forme très-jolie.
Un soir, elle disait tout bas :
« Pourquoi n'avoir avec autant d'appas
Qu'une existence passagère ?
J'ai reçu le nom d'Éphémère,
Et ce nom semble encore avancer mon trépas. »
Un vieux Noyer, qu'elle ne voyait pas,
Lui répondit : « Console-toi, ma chère ;
Depuis cent ans que j'habite la terre,
Je me suis, hélas ! convaincu
Qu'une longue existence est peu digne d'envie.
Qu'importe, à la fin de la vie,
Que l'on ait plus ou moins vécu ! »

✤✤✤✤✤✤✤✤✤✤✤✤✤✤✤✤✤✤✤✤✤✤✤✤✤✤✤✤✤✤✤✤

LE JALOUX ET LES SOUCIS.

« On n'a jamais trop de Rosiers, »
Disait certain Jaloux, semant dans son parterre
    Des Roses par milliers.
  En même temps, il déclarait la guerre
    Aux Fleurs qui ne lui plaisaient guère.
Il en voulait, surtout, aux Soucis jaunissans,
Dont le nom, la couleur, pris à mauvais augure,
Attristaient sa pensée et causaient son murmure
Chaque fois qu'il voyait leurs boutons renaissans.
« Hélas ! lui dit l'un d'eux, il est bien d'autres choses
  Qui mieux que nous méritent vos mépris !
    Vous avez beau semer des Roses,
    Vous aurez toujours des Soucis*. »

* Les noms de beaucoup de plantes sont fondés sur des allu-
sinos équivoques ou sur des jeux de mots, *Voyez* les notes.

❖❖❖❖❖❖❖❖❖❖❖❖❖❖❖❖❖❖❖❖❖❖❖❖❖❖❖❖❖❖❖❖❖❖❖❖

LA CLÉMATITE ET LE SUREAU.

Une gentille Clématite
Élevée auprès d'un Sureau ,
Éprouvait pour cet arbrisseau
Le tendre amour où nous invite
Un doux rapport fondé sur le mérite.
Le Sureau par sa fleur guérissait bien des maux ;
Et la Clématite odorante
Ornait de sa tige charmante
Les murs , les arbres , les berceaux.
Ces deux amans comptaient passer leur vie
Dans un bonheur pur et parfait ,
Lorsque l'intérêt ou l'envie
Vint troubler leur cœur satisfait.
Le jardinier , au fond d'une campagne ,
Unit la Clématite à certain Arbousier
Qui demandait une jeune compagne
Pour embellir son tronc grossier ;

2*

Mais , hélas ! bientôt la pauvrette
Loin de son tendre ami dessécha de langueur.
De son côté , rongé par la douleur ,
Le Sureau dépérit dans sa triste retraite *.

O vous qui voulez le bonheur
De ceux que vous avez fait naître,
Ne séparez jamais leur cœur
De l'objet qu'il a pris pour maître.

* *Urit amor plantas etiam suus; accola florem*
Flos amat.

(Connubia florum).

❖❖❖❖❖❖❖❖❖❖❖❖❖❖❖❖❖❖❖❖❖❖❖❖❖❖❖❖❖❖❖❖❖❖❖❖❖

LA TULIPE ET L'IMMORTELLE.

La Tulipe, un matin, disait à l'Immortelle :
Tu vis bien plus que moi, mais sans être aussi belle.
La Fleur lui répondit : On prise vos appas ;
Je brille moins que vous ; mais je ne change pas.

LA ROSE JAUNE.

« Ta corolle a l'air d'un citron,
Disait une Rose vermeille
A sa jeune sœur, qui, la veille,
Voyait d'un pourpre vif embellir son bouton. »
« J'aimais, répondit-elle, un constant Papillon ;
Mais, ce matin, une jalouse Abeille
A percé de son aiguillon
Cette rare merveille :
Depuis ce malheur je languis
Dans les regrets et les ennuis. »

Telle est la touchante origine
Du jaune coloris de la Reine des fleurs.
Hélas ! quand le cœur se chagrine,
Le plus beau teint perd ses couleurs !

LE PAPILLON, L'ABEILLE
ET LES FLEURS.

Un Papillon vif et léger
Rencontra dans un bois la vigilante Abeille.
« Nous voir ici, dit-il, est presque une merveille ;
  Car mon goût n'est pas bocager.
A propos, dites-moi, pourquoi dans le verger
Tandis que je choisis les fleurs les moins modestes,
  Cherchez-vous des plantes agrestes ?
Quel charme peut offrir à votre folle ardeur
Le mielleux Mélilot, la rustique Bétoine,
  Ou la fétide Chélidoine ? »
— « Bel inconstant, répond l'Abeille avec douceur,
  Pour vous la fleur n'est qu'une fleur ;
  Mais pour moi c'est un patrimoine. »

L'ARTICHAUT ET LE CHARDON.

Un superbe Artichaut venu de l'Italie,
Se trouvait à côté d'un épineux Chardon,
Dont la mine revêche et l'humeur impolie
    Annonçaient le triste abandon.
    Mécontent d'un tel voisinage,
    L'Artichaut dit à ce sauvage :
« Retire-toi d'ici, rustre, dont les piquans
    Sans nul égard blessent les gens !
    Connais-tu bien mon antique noblesse ?
Et sais-tu qu'en Espagne on me traite d'altesse ?
J'ai ma place marquée à la table des grands ;
    Toi, tu n'es bon que pour les ânes ;
    Et tes pareils sont des profanes
    Qu'on repousse même des champs. »
Le Chardon, stupéfait, ne savait que répondre,
    Lorsqu'un passant qui se trouvait auprès,
Dit au noble Artichaut : « Mon cher, je vais confondre
    Les propos que tu te permets.

Vous êtes tous les deux de la même famille ;
  Mais la culture t'a donné
Les qualités d'un légume bien né ,
Tandis que ton parent, laid comme une chenille ,
  N'est qu'un enfant abandonné. »

LES SOUCIS ET LES ROSES.

Une Veuve éplorée ôtait de son jardin
  Toutes les fleurs qui pouvaient la distraire ,
  Les seuls Soucis paraissaient lui complaire ,
    Comme emblêmes de son chagrin.
  Le Dieu connu par ses métamorphoses
    Découvrit son triste séjour ;
    Il ne s'y montra qu'un seul jour,
  Et les Soucis furent changés en Roses *.

* *Omnia vincit Amor.*   (Virg.)

LE SAULE.

Sur le sommet d'une colline
Un Saule, par hasard, avait été planté.
Il s'étalait avec fierté,
Oubliant sa basse origine,
Lorsqu'un ouragan furieux
L'arrache à ces agrestes lieux;
L'arbuste roule au fond de la vallée;
Mais sa tige, presque effeuillée,
Rencontre par bonheur
Un abri protecteur.
Près d'un ruisseau le Saule prit racine;
C'était sa place; il y vécut en paix,
Et rendit bienfaits pour bienfaits
A la rive, sa voisine.

Combien de gens placés trop haut
Consument sans succès leurs moyens et leurs veilles!
Moins élevés, ils auraient fait merveilles;
Mais chacun veut monter; c'est un commun défaut.

LA ROSE ET L'ACONIT.

Un Papillon fort agaçant,
Piqué des rigueurs d'une Rose,
Trouve un Aconit complaisant,
Et sur sa tige se repose ;
De faveurs une ample moisson
A l'imprudent coûte la vie !

Aconit offre son poison,
Rose défend son ambroisie.

LA TRUFFE, L'HYDNE
ET LA FOUGÈRE.

La Truffe sans racine et l'Hydne * sans feuillage
De l'aveugle destin déploraient la rigueur.
La Fougère leur dit : Moi, je n'ai point de fleur ;
Pourquoi vous plaignez-vous ? Nul n'a tout en partage.

* Plante de la famille des Champignons.

❖❖❖❖❖❖❖❖❖❖❖❖❖❖❖❖❖❖❖❖❖❖❖❖❖❖❖❖❖❖❖❖

LE PAPILLON-CITRON *
ET LE CYTISE.

Un Papillon-Citron, posé sur un Cytise,
Convoitait de ses fleurs le nectar savoureux;
Mais d'avides Frelons un essaim très-nombreux
    Inquiétait sa gourmandise;
Le jaloux, désirant écarter leur concours,
A l'Arbre dauphinois adressa ce discours :
    « Je suis une fleur voltigeante ;
Des jeux de la nature aimable échantillon,
J'offre vos traits chéris ; et mon doux aiguillon
Imite le pistil de votre fleur charmante ;
    De vos bouquets chaque grappe pendante
Forme un groupe éclatant de jolis Papillons
    Qui n'ont besoin que d'une aile agissante
    Pour butiner dans ces rians vallons.

* Papillon de jour, ainsi nommé à cause de la couleur citrine
de ses ailes.

Nous sommes tous ici de la même famille ;
Permettez-moi d'embrasser mes parens.
Vous le voyez, comme eux je brille
De la même couleur, des mêmes agrémens. »
— « Un parent tel que toi, lui répond le Cytise,
Sous un masque trompeur a beau se déguiser,
On devine bientôt où tend sa convoitise.
Le faux ami qui nous courtise
N'est qu'un flatteur qui veut nous abuser *. »

* *Habet suum venenum blanda oratio.*
(P. SYRUS.)

LA ROSE DOUBLE
ET LA VÉRONIQUE.

La Rose double, un jour, dit à la Véronique :
« Tu n'as ni mon parfum ni mes brillans appas. »
« Je suis simple, il est vrai, répond la Fleur rustique ;
Très-faible est mon odeur ; mais je ne pique pas. »

LE SILÈNE MUSCIPULA
ET LA MOUCHE.

Une Mouche vantait sa douce indépendance,
    Sa finesse et sa prévoyance
    A des Bourdons qui sur un thym
    Recueillaient leur mielleux butin
    Sans prendre garde à sa jactance.
    « Grâces à ma légèreté,
    Je puis voltiger, disait-elle,
    Tantôt sur le sein d'une belle ,
    Tantôt sur le doux velouté
De la pêche précoce ou de la fleur nouvelle.
De Flore et de Zéphir je suis l'enfant gâté.
  Je ne crains point la toile insidieuse
  Que l'Araignée ourdit au coin des murs ;
    J'ai des moyens prudens et sûrs
    De prolonger ma vie heureuse. »
    Elle dit, et va se placer
Au beau milieu de la tige visqueuse

D'un Silène à mine trompeuse,
Et qui se trouvait là comme pour l'amorcer ;
Malgré les vains efforts dont sa faute est suivie,
Cette présomptueuse y termine sa vie.

Il faut de la réflexion
Dans la plus facile entreprise ;
Mais la folle Présomption
Est la fille de la Sottise.

❖❖❖❖❖❖❖❖❖❖❖❖❖❖❖❖❖❖❖❖❖❖❖❖❖❖❖❖❖❖

L'ANÉMONE ET LA GESSE.

« Admires-tu l'éclat de ma superbe fleur ? »
Disait une Anémone à la Gesse odorante ;
Piquée, elle répond : « Cesse d'être arrogante :
Je l'emporte sur toi par ma suave odeur. »

LA ROSE ET LES ÉPINES.

La Rose naît au milieu des Épines ;
　　C'est un rempart pour sa beauté.
　　Tant d'amateurs sont enclins aux rapines,
Qu'il faut bien écarter leur importunité.
　　De ses gardiens blâmant la vigilance,
Une Rose leur dit, d'un ton de suffisance :
　　　　« Pourquoi de traits durs et piquans
　　　　Hérissez-vous mes agrémens ?
　　　　Par là je deviens rebutante.
　　　　Dois-je par de vives douleurs
　　　　De ceux qui me trouvent charmante
　　　　Payer les flatteuses douceurs ? »
　　　— « Quand nous défendons votre approche,
Dit une Épine, hé bien ! ne conservons-nous pas
　　　　Et votre éclat et vos appas ?
　　　　Méritons-nous quelque reproche
En vous garantissant, peut-être, du trépas ?
Si l'on vous touche moins, vous plaisez davantage ;

C'est par crainte de nous que chacun vous ménage.
Belle Rose , calmez cet imprudent courroux :
    On connaît plus d'une Sylvie
Qui pour les agrémens et l'honneur de sa vie
Ferait bien d'emprunter quelqu'épine de vous.

✦✦

LE LISERON ET L'YEUSE.

« Laisse-moi décorer ta surface ligneuse,
Disait un Liseron grimpant sur une Yeuse.
Chacun a son penchant ; être aimé, c'est le mien,
Et j'attache ma tige où je me trouve bien *. »
L'arbuste y consentit, et la plante amoureuse
Embellit de ses fleurs son généreux soutien.

---

* C'est au moyen de vrilles, productions filamenteuses roulées
en spirales, que les plantes grimpantes s'accrochent aux corps voisins.

LE FRÊNE ET LA SENSITIVE.

Un Frêne, qui depuis long-temps
Affrontait l'effort des Autans,
Insultait à la Sensitive.
« Quel est ton sort, Plante faible et craintive !
Le moindre souffle, hélas ! te réduit aux abois ;
Tandis que j'ai bravé cent fois
Des ouragans la fureur destructive.
Mon tronc rameux, par un siècle endurci,
Reçoit du bûcheron de profondes blessures ;
Ce sont pour moi quelques égratignures
Dont je n'éprouve aucun souci ;
Mais toi, si l'on touche à tes feuilles,
Au même instant tu te recueilles
Avec un air triste, abattu ;
Tu n'as, vraiment, ni force ni vertu. »

Croit-on qu'à ce vain persifflage
La Sensitive ait répondu ?

Son cœur s'en est bien défendu ;
Le dépit, seulement, replia son feuillage *.

Sexe charmant, qu'embellit la douceur,
A vos vainqueurs abandonnez l'audace :
La sensibilité doit guider votre cœur ;
Et la force déplaît où l'on aime la grâce.

* *Voyez* l'Avant-Propos, p. ix.

✦✦✦✦✦✦✦✦✦✦✦✦✦ ✦ ✦✦✦✦✦✦✦✦✦✦✦✦✦✦✦

L'AMOUR ET LA ROSE.

L'Amour, piqué par une Rose,
En ressentait une vive douleur.
« Ne m'en veux point, lui dit la Fleur ;
Nos dards ne font pas autre chose :
Les miens blessent la main, les tiens blessent le cœur.

****

LE CITRON ET LA FRAISE.

Orné de son luisant feuillage,
Et glorieux d'habiter un jardin,
Un Citron vert, avec dédain,
Examinait une Fraise sauvage.
« Tu rampes, lui dit-il, et mon rang élevé
A peine me permet de te voir sur la terre :
Oh ! combien je plains ta misère
Et le sort qui t'est réservé !
Tu ne reçois que la visite
Des Escargots, des Limaçons,
Tandis qu'autour de moi des légers Papillons
Voltige la brillante élite......»
— « Chacun de nous a son mérite,
Répond la Fraise sans humeur ;
Des fins gourmets, vermeille favorite,
Je délecte tous ceux que ta saveur irrite ;
On te reproche ton aigreur,
Et l'on savoure ma douceur. »

Vertu des tendres cœurs, Douceur enchanteresse,
De la femme, en tout temps, accompagne les pas!
De ton charme divin embellis ses appas!
Car en elle, sans toi, rien ne nous intéresse.

L'IMMORTELLE ET LA ROSE.

Dans un bosquet riant et frais
Une Immortelle aperçut une Rose
Gardant sa corolle mi-close
Pour mieux conserver ses attraits.
« Aimable fleur, dit-elle, en vain tu te recueilles,
Bientôt Phébus fanera tes atours :
Il est des Roses à cent feuilles ;
Mais il n'en est point de cent jours.*»

* *Cadit et Rosa sole cadente.*   (Catul.)

LE LIS ET L'ABEILLE.

« Je suis le roi des fleurs
Comme la Rose en est la reine,
Disait un Lis, dont la mine hautaine
Chez ses humbles voisins rencontrait des flatteurs.
Tous mes nobles aïeux ont fait parler l'histoire ;
A Thémis même ils imposaient la loi ;
Et quiconque a de la mémoire
Dans le blason français sait quel est mon emploi. »
— « Ta folle jactance est bien fière,
Reprit une Abeille légère,
Qui sur les Lis butinait chaque jour.
Les méprises de l'ignorance
Ont protégé ton entrée à la cour ;
Aux oignons tu dois la naissance ;
Un pré fut ton premier séjour.
Apprends, mon bel ami, que c'étaient des Abeilles
Que les chefs des anciens Gaulois
Sur leurs écus portaient dans les tournois ;

Et pour ces fêtes sans pareilles
Ils préféraient quelques Roses vermeilles
Au pâle descendant d'un bulbe villageois. »

Le Lis baissa son front d'ivoire
En écoutant ce fidèle récit ;
Et, dès le jour, sans vouloir trop y croire,
Jaunit de honte et sécha de dépit.

LE GASTRONOME ET LE BOLET.

De Champignons un friand amateur
Assaisonne un Bolet qu'il croyait comestible ;
Il le mange, et bientôt une colique horrible
Lui prouve sa funeste erreur.
« Hélas ! dit-il, maudissant sa cuisine,
On est trompé de plus d'une façon :
Comment distinguer sur la mine
Un honnête homme d'un fripon ? »

❖❖❖❖❖❖❖❖❖❖❖❖❖❖❖❖❖❖❖❖❖❖❖❖❖❖❖❖❖❖

LA ROSE ET LE LIN.

La Rose, un jour, disait au Lin :
« Ta corolle est assez gentille ;
Mais tu descends d'une famille
Qui n'embellit aucun jardin. »
— « Je conviens, reprit la Fleurette,
Qu'au milieu des champs je végète ;
Mais avec moi l'art forme des tissus
Joignant l'agréable à l'utile ;
Et que l'on voit également reçus
Avec estime, à la cour, à la ville.
Après avoir ainsi duré long-temps,
Je prends une forme nouvelle,
Et deviens le courrier dont se sert une Belle
Pour exprimer ses plus doux sentimens.
On tire encor de mes tiges agrestes
Le voile discret et léger
Dont la pudeur se plaît à protéger
Les appas des Beautés modestes ;

Et je leur sers à soulager
Les maux que font tes épines funestes. »

Beauté, que l'on adore, heureux qui peut jouir
De ton charme si désirable !
Mais plus heureux qui sait unir
L'utile à l'agréable * !

* *Omne tulit punctum qui miscuit utile dulci.*

(Hor.)

❖❖❖❖❖❖❖❖❖❖❖❖❖❖❖❖❖❖❖❖❖❖❖❖❖❖❖❖❖❖❖

LE HOUX FRELON
ET L'ANGÉLIQUE.

Un Houx frelon, d'humeur caustique,
Déplorait son isolement.
« Tu le mérites bien, lui dit une Angélique.
Chacun à ton aspect dit : Fuyons promptement !
Qui s'y frotte s'y pique. »

✧✧✧✧✧✧✧✧✧✧✧✧✧✧✧✧✧✧✧✧✧✧✧✧✧✧✧✧✧✧

LE SAINFOIN ET LES CUSCUTES.

Au bord d'un limpide ruisseau
Croissaient de nombreuses Cuscutes
Dont les parasites volutes
Enlaçaient tour à tour et Jacée et Barbeau.
        « Enfans rebutés de la terre,
        Leur dit un agreste Sainfoin,
        Vous caressez une autre mère,
        Non par amour, mais par besoin.
        Votre égoïste caractère
        Vous fait exister par autrui ;
    Et vous mourrez de faim et de misère
    Quand vous aurez desséché votre appui. »

        Plus d'un effronté Parasite
Ne courtise un ami que pour son cuisinier ;
Réforme-t-on la table, il s'éloigne bien vite,
Et d'une autre maison se rend le familier.

✤✤✤✤✤✤✤✤✤✤✤✤✤✤✤✤✤✤✤✤✤✤✤✤✤✤✤✤✤✤

LA ROSE ET L'ABEILLE.

Sur sa tige légère
Étalant sa beauté,
Rose dans un parterre
Guettait la volupté ;
La vigilante Abeille
Que le désir éveille,
De son dard assassin
Lui déchire le sein.

Souvent le plaisir de la veille
Fait la douleur du lendemain *.

* *Usque adeò nulla est sincera voluptas.*
(Ovid.)

✥✥✥✥✥✥✥✥✥✥✥✥✥✥✥✥✥✥✥✥✥✥✥✥✥✥✥✥✥✥✥

LE FLORIMANE * ET L'ORTIE.

« Sons pour jamais de mon jardin !
Disait un Florimane à la piquante Ortie.
Comment au Liseron, à l'Iris, au Jasmin,
    Oses-tu tenir compagnie ?
Si le Rosier nous pique, il a du moins des fleurs
Dont le parfum suave et les vives couleurs
    Charment l'odorat et la vue ;
Mais toi, sans fleurs ni fruit, tu n'as que des rigueurs ;
    Malheur à ceux qui t'ont connue ! »
La plante lui répond : « Je conçois tes mépris ;
    Je les dois à ton ignorance ;
Apprends donc que le Chanvre aurait bien moins de prix,
Si l'on connaissait mieux ma fibreuse substance.
    Je pourrais être employé dans les arts :
J'arrête avec mon suc quelques hémorragies,
    Et mes jeunes feuilles bouillies
    Valent mieux que tes épinards.

* Celui qui a la passion des fleurs.

Ma fleur n'a point d'éclat ; mais je porte une graine
Qui peut chasser la fièvre et la migraine.
Ainsi tu vois que mon utilité
Compense bien la grâce et la beauté. »

A l'apparence mensongère
L'homme est toujours trop attaché.
Sous une enveloppe grossière
Le mérite est souvent caché.

❖❖❖❖❖❖❖❖❖❖❖❖❖❖❖❖❖❖❖❖❖❖❖❖❖❖❖

LES SAPINS ET LE GENÊT.

DANS un antique bois, des Sapins orgueilleux
Méprisaient un Genêt croissant au milieu d'eux :
Arrive un Bûcheron, et sa hache ennemie
Renverse ces géans. Le Genêt est sauvé.

Plus d'un mortel s'est bien trouvé
De ne pas exciter l'envie.

LE CURIEUX ET LA ROSE.

Un Curieux, dans un parterre,
D'un Rosier contemplait les fleurs;
L'une d'elles par ses couleurs,
Sa forme et sa taille légère,
L'emportait sur toutes ses sœurs.
De la cueillir il n'avait nulle envie;
Mais en voulant l'examiner de près,
Il éprouva qu'une épine ennemie
Menaçait ses doigts indiscrets.
« Ah! tu veux me piquer, dit-il à la coquette;
Crois-tu doubler par-là le prix de tes faveurs?
Il est plus d'un moyen de vaincre les rigueurs;
Et malgré toi tu seras ma conquête. »

O vous, qui causez nos ardeurs,
Elles vous font, souvent, repentir d'être belles :
L'Amour, si vous cédez, s'enfuit à tire-d'ailes;
Résistez-vous, il tourmente vos cœurs.

✤✤✤✤✤✤✤✤✤✤✤✤✤✤✤✤✤✤✤✤✤✤✤✤✤✤✤✤

LE FIGUIER ET LES OISEAUX.

Un Figuier généreux prêtait un doux ombrage
    A tous les Oiseaux du pays ;
    Il les nourrissait de ses fruits
    Et les couvrait de son feuillage ;
    Sur son tronc la foudre en éclats
    Tombant, un jour, avec fracas,
Détruit, en un instant, et richesse et parure.
Les Oiseaux, tour à tour, s'envolent loin de lui ;
    Indifférens sur sa triste aventure,
    Ils cherchent un nouvel appui.

    L'homme puissant que le faste environne,
Voit mille courtisans dans ses salons admis ;
    Mais il n'y trouve plus d'amis
    Quand la Fortune l'abandonne *.

---

* *Donec eris felix, multos numerabis amicos.* (Ovid.)

LE BERGER ET LA ROSE.

Le jeune Corylas, dans un riant bosquet
Promenant, un matin, sa douce rêverie,
   Voulut composer un bouquet
   Pour fêter la belle Egérie.
   Au milieu d'un épais buisson
  Il aperçoit sur sa tige épineuse
Une Rose vermeille, et dont un frais bouton
   Embellissait la forme heureuse.
Corylas veut saisir cette Reine des fleurs ;
   Mais elle avait pour se défendre
  Cent dards aigus ; et de vives douleurs
Font sentir au Berger que Rose pour se rendre
   Doit faire acheter ses faveurs.
   Dépité de tant de rigueurs,
   Il veut enlever ses voisines ;
   Mais ce furent mêmes débats ;
   Et le Berger se dit tout bas :
« Il n'est donc point de Roses sans épines ! »

❖❖❖❖❖❖❖❖❖❖❖❖❖❖❖❖❖❖❖❖❖❖❖❖❖❖❖❖❖❖❖❖

LE LIERRE ET LE PAPILLON.

« Ton existence est bien triste, bien dure,
Disait au Lierre un léger Papillon :
Depuis que je voltige en ce riant vallon,
Je t'aperçois toujours contre cette masure. »
Le Lierre lui répond : « Aimable séducteur,
On n'est heureux qu'autant qu'on est fidèle ;
Séduire et tromper une belle
Est un double délit qui prouve un mauvais cœur.
Pour moi, toujours constant, à moins qu'on ne m'arrache
De l'endroit où le sort m'a mis *,
Loin d'abandonner mes amis,
Je meurs où je m'attache. »

* *Fortunata domus, modò sit tibi fidus amicus.*
(P. Syrus.)

✦✦✦✦✦✦✦✦✦✦✦✦✦✦✦✦✦✦✦✦✦✦✦✦✦✦✦✦✦✦

LES DEUX ROSIERS.

Un Amateur possédait deux Rosiers ;
L'un, profitant des abris d'une serre,
Devait ses belles fleurs et son état prospère
    Aux soins d'habiles jardiniers.
    Sur un aride monticule
L'autre se desséchait, privé de tout secours ;
    Et la brûlante canicule
    De sa vie abrégea le cours.

    Telle est la différence
  Que l'on remarque, en pareille occurrence,
Entre les deux couleurs d'un sexe idolâtré.
Une Française, au sein d'un climat tempéré,
Brille par sa fraîcheur, ses attraits ou ses grâces,
  Et son triomphe est toujours assuré.
L'Africaine, arrivant d'un pays dévoré
Par tous les feux du jour, ne doit voir sur ses traces
Que des adorateurs au teint noir ou cuivré.

✦✦✦✦✦✦✦✦✦✦✦✦✦✦✦✦✦✦✦✦✦✦✦✦✦✦✦✦✦✦

LA PENSÉE ET LE SOUCI.

« Tu m'attristes par ta présence,
Disait la Pensée au Souci :
Je n'ai pas encor réussi
A faire avec toi connaissance. »
Le Souci répond à la Fleur :
« Dans les plaisirs, dans le bonheur,
S'écoula ta belle jeunesse ;
Mais déjà la froide vieillesse
Commence à dessécher ton cœur.
Réunis par la sympathie,
Dans une douce compagnie
Nous vivons comme frère et sœur *. »

* *Voyez* la note de la page 16.

L'OPHRISE-MOUCHE
ET L'ARAIGNÉE.

Sur la Tulipe, et l'OEillet et la Rose,
On a tout dit ; mais combien de fadeurs !
Il est pourtant d'autres aimables fleurs
    Sur qui l'Abeille se repose ;
Comme elle voltigeons parmi les végétaux,
Et traçons, en jouant, quelques sujets nouveaux.

Dans un vert pâturage, une élégante Ophrise
      Par l'air faux et trompeur
      De sa bizarre fleur
    Bien souvent causait la surprise
    De maint insecte fourrageur ;
    S'imaginant voir une Mouche,
  Une Araignée accourt pour la saisir ;
  Légèrement elle approche, la touche
    D'un aiguillon qu'avec plaisir
    Elle enfonce tout à loisir.

La Fleur, qui ne craint pas son atteinte assassine ,
   Dit pour la faire déloger :
   « Va fonder ailleurs ta cuisine :
   On s'expose à bien mal juger
   Lorsque l'on juge sur la mine *. »

* *Fronti nulla fides.*   (JUVEN.)

❖❖❖❖❖❖❖❖❖❖❖❖❖❖❖❖❖❖❖❖❖❖❖❖❖❖❖❖❖

LE PÊCHER ET LE POMMIER.

Un Pêcher sauvageon , paré de mille fleurs,
Se moquait d'un Pommier n'en montrant pas encore;
   Mais l'Aquilon bientôt dévore
Ses précoces attraits, délicates primeurs !
Le Pommier, plus tardif, n'éprouva nul dommage,
Et de fruits savoureux enrichit le jardin.

Talens prématurés , fleurs de Pêcher sauvage,
   Ont souvent le même destin.

❖❖❖❖❖❖❖❖❖❖❖❖❖❖❖❖❖❖❖❖❖❖❖❖❖❖❖❖❖❖

LE TABAC ET LE MUGUET.

Dans le jardin d'un Dignitaire
S'élevait un Tabac avec soin cultivé ,
Qui pour d'illustres nez se croyant réservé ,
Accablait de dédains toute plante vulgaire ;
  Son confident était un Agavé ,
Comme lui d'Amérique et fort bien élevé.
Un jour que le Tabac se trouvait en goguettes ,
  Il racontait ses voyages divers ,
    Et ses succès, et ses revers ;
Puis, citant ses vertus , il vantait les recettes
Dont mille charlatans inondent l'univers.
    Ennuyé de cette jactance ,
    Un rustique Muguet lui dit :
    « Vous tranchez bien de l'Excellence ,
    Pour n'être qu'un poison maudit !
    Que l'on vous fume ou qu'on vous prise ,
    Vous infectez par votre odeur ;

Vous mâche-t-on, votre saveur
Exige qu'on se gargarise ;
Si le fisc vous popularise ,
A sa cupidité vous en devez l'honneur.
        Mais, surtout, ce qui me chagrine
        C'est de voir chez maintes Beautés
        Un teint jauni, des traits gâtés
Par un abus dont la mode s'obstine
        A déguiser les incommodités.
        Avant votre arrivée en France
        On ne se servait que de moi
Pour obtenir l'effet que produit votre emploi ;
        En vous donnant la préférence,
On a du moins conservé pour ma fleur
Les égards qui sont dus à sa suave odeur;
Et quand vous barbouillez le nez d'une grand'mère,
J'orne, en le parfumant, le sein d'une bergère. »

---

* On doit regarder le Tabac comme une matière végétale à demi-putréfiée. Que n'use-t-on des plantes de notre pays ! Il y en a qui fournissent des poudres sternutatoires plus agréables et moins dangereuses que le Tabac.

LE GRENADIER ET LA CAPUCINE.

Enchanté de sa bonne mine,
Vers le soir, un beau Grenadier
Vit une jeune Capucine
Grimper le long d'un espalier ;
« Halte-là ! dit-il, ma mignonne ;
Avec votre gente personne
J'ai grand désir de me lier ;
Tout en vous me plaît et m'enchante.... »
— « Voisin, lui repartit la Plante,
Vous avez l'air trop cavalier.
Lorsqu'on veut charmer une Belle,
Il faut d'abord gagner son cœur ;
Et ce n'est que par la douceur
Qu'un amant peut obtenir d'elle
L'espérance d'une faveur. »
Le galant ne s'attendait guère
A recevoir cette leçon ;

Il ignorait que son jargon
Contrastait avec l'art de plaire.

Vous qui courtisez la Beauté,
Que vos manières soient affables !
La douceur soumet la fierté ;
Pour être aimés soyez aimables* !

* *Ut ameris, amabilis esto.* (Ovid.)

❖❖❖❖❖❖❖❖❖❖❖❖❖❖❖❖❖❖❖❖❖❖❖❖❖❖❖❖❖❖❖❖❖

LE BERGER ET LE PLATANE.

Le tendre Philémon, la perle des amans,
Sur un Ormeau gravait, par passe-temps,
Le doux serment d'amour dont la trompeuse amorce
Dupa tant de cœurs innocens ;
Un Platane lui dit : « Préfère mon écorce,
Je la perds tous les ans. »

❖❖❖❖❖❖❖❖❖❖❖❖❖❖❖❖❖❖❖❖❖❖❖❖❖❖❖❖❖❖❖❖❖❖

L'ULMAIRE ET LA PATIENCE.

Près d'une Patience, un beau matin, l'Ulmaire
Dit, en se redressant : « Je suis *Reine des Prés ;*
Par mes jolis bouquets, de tout temps admirés,
    Flore m'a donné l'art de plaire. »
    Sa voisine lui répondit :
    « Comme nous vous êtes sauvage,
Et vos simples attraits vous ont mise en crédit ;
    Moi qui sers à plus d'un usage,
    Je vous vaux bien, sans contredit.
    Souvent, dans le meilleur ménage
La femme ou le mari m'appelle à son secours ;
  Et je les aide à couler d'heureux jours...
    Possédez-vous cet avantage ? »

    La Patience, a dit un sage *,
Epure notre sang et calme notre esprit ;
Amère est sa liqueur, mais bien doux est son fruit.

* J. J. Rousseau. *Voyez* la note de la page 16.

❖❖❖❖❖❖❖❖❖❖❖❖❖❖❖❖❖❖❖❖❖❖❖❖❖❖❖❖❖❖

LE MELON.

Un gros Melon, croissant chez un avare,
Disait, un jour : On me compare
Les amis qu'on trouve ici-bas ;
Mais comme je sais qu'il n'est pas
De comparaison qui ne cloche ,
Après avoir bien rêvé sous ma cloche ,
Je vais à mes censeurs causer de l'embarras.
Malgré mon air rude et sauvage ,
Je deviens doux et bon si l'on me soigne bien ;
Et pour tous ceux à qui je fais du bien
De l'amitié je suis une fidèle image.
Car bien qu'en dise un vieux et très-menteur adage ,
Symbole peu commun des sincères amis ,
Mon fruit donne encor plus que ma fleur n'a promis.

❖❖❖❖❖❖❖❖❖❖❖❖❖❖❖❖❖❖❖❖❖❖❖❖❖❖❖❖

LE POÈTE ET LA GARDÈNE *.

Pour fêter l'aimable Adrienne
Edmond choisit une Gardène,
Et, voulant joindre à ce joli cadeau
Un bouquet poétique éclos de son cerveau,
Il lut à haute voix ces innocentes rimes
Que son amour trouvait sublimes :

« O toi qui fais battre mon cœur,
Daigne accepter cette agréable fleur !
Elle offre tes attraits dans sa simple toilette ;
Son feuillage charmant, sa modeste couleur
Et le parfum qu'elle exhale en cachette,
De tes vertus sont l'image parfaite.
Tu la verras pour toi, pour tes amis,
Fleurir, parer ta cheminée ;
A partager sa belle destinée
Mon bonheur serait d'être admis....»

* Vulgairement Jasmin du Cap.

— « Oh ! vous mentez comme un poëte,
Dit la Gardène : on connaît ces discours.
    Jurer d'aimer toujours
Est un serment que la bouche répète
    Et que le cœur rompt tous les jours.
Par des soins assidus prouvez votre constance ;
L'amour est une fleur qui passe en la cueillant ;
Les timides égards, la douce complaisance,
Ne s'acquittent jamais par un billet galant. »

    Edmond confus de cette réprimande,
        N'offrit ni fleur ni madrigal.
    Un mois après, il trouva dans un bal
    Un jeune objet auquel il fit l'offrande
De ce même Arbrisseau qui le traita si mal.

    Belles, doutez d'un tendre hommage
    Lorsqu'en rimes il est écrit :
    Du cœur la prose est le langage,
    Les vers sont celui de l'esprit.

✤✤✤✤✤✤✤✤✤✤✤✤✤✤✤✤✤✤✤✤✤✤✤✤✤✤✤✤✤

LE LAMIER ET L'ORTIE.

Au pied d'un mur, à côté d'une Ortie
    Végétait un humble Lamier
Dont la blanche corolle en lèvres convertie
Produisait à la vue un effet singulier.
    « Combien je hais ton fâcheux voisinage
Disait-il, en boudant, à la plante sauvage
Dont la feuille piquante éloigne les passans.
Je suis, pour mes vertus, très-recherché des Belles ;
Je détruis d'un long mal les atteintes cruelles ;
Et l'on ne trouve en toi que des goûts malfaisans. »
— « Bien que nous différions, lui répond sa voisine,
    Et par l'humeur et par la mine,
   Les ignorans te prodiguent mon nom ;
    Mais ne crois pas que ton renom
    Prouve des qualités réelles ;
Tu n'as jamais guéri les pâles jouvencelles ;
    Et, grâce à la sécurité
Que ta fausse vertu trop souvent leur inspire,

Le mal fait des progrès que l'art ne peut détruire,
Et par un jeu de mots * tu mines leur santé. »

>   Malgré les efforts salutaires
>   De la raison et du savoir,
>   Hygie est encor sans pouvoir
>   Contre les erreurs populaires.

Cette plante s'appelle vulgairement *Ortie à fleurs blanches.*
Voyez la note du *Lamier.*

* * *

LA NÈFLE.

La Nèfle, un jour, dans un fruitier,
Acquérant sur la paille une saveur vineuse,
Se disait, en songeant à la Pêche juteuse :
« Malgré tous ses attraits je ne puis l'envier ;
Elle perd sa fraîcheur hors de son espalier,
Et sa pulpe bientôt n'offre plus rien qui vaille. »

>   Comme le fruit du Néflier
>   Le mérite, souvent, végète sur la paille.

❖❖❖❖❖❖❖❖❖❖❖❖❖❖❖❖❖❖❖❖❖❖❖❖❖❖❖❖

LA MOISISSURE.

Un savant Botaniste, autrefois jardinier,
 Goûtait aux champs les douceurs de l'aisance;
Et pour lui procurer plus d'une jouissance
La physique à ses goûts venait s'associer.
Au milieu d'un hiver dont la triste froidure
De son voile funèbre affligeait la nature,
Il invita chez lui quelques bons paysans
 D'un esprit sain, mais sans culture.
« Chers amis, leur dit-il, mes doctes passe-temps
Deviennent quelquefois vos doux amusemens;
 Voulez-vous voir la riante verdure
Remplacer le verglas qui déguise vos champs?
Regardez à travers cette ronde ouverture,
Et vous allez passer de l'hiver au printemps.»
Ce discours est d'abord pris pour un badinage;
Mais bientôt on admire un fécond pâturage
Où de nombreux troupeaux de diverses couleurs
Unissent leur éclat à la beauté des fleurs.

6

Ce ravissant spectacle
Leur fait à tous crier miracle !
Ils s'en vont ébahis, et notre jardinier
Plus que jamais passe pour un sorcier.

De leurs sens abusés dévoilons l'imposture.
Un cabinet garni de Moisissure,
Auquel un microscope était bien ajusté,
Présentait à l'œil enchanté
D'un pré couvert de fleurs la riche bigarrure ;
Mille insectes charmans y trouvaient leur pâture,
Et se renouvelaient avec rapidité.
Ce merveilleux tableau, fruit de l'humidité,
Offrait un monde en miniature.

✤✤✤✤✤✤✤✤✤✤✤✤✤✤✤✤✤✤✤✤✤✤✤✤✤✤✤

LE GALANT ET LE PAVOT.

Un vert Galant disait au Pavot narcotique :
« Ta vue et ton odeur répugnent à mes goûts. »
—« Tu devrais me chérir, répond la fleur rustique ;
J'ai la vertu d'endormir les jaloux. »

✣✣✣✣✣✣✣✣✣✣✣✣✣✣✣✣✣✣✣✣✣✣✣✣✣✣✣✣

LE CHÊNE ET LA MOUSSE.

Au pied d'un Chêne une Mousse rampante
De son obscurité déplorait le malheur ;
Et malgré sa beauté, sans cesse renaissante,
    Son tapis vert et sa fraîcheur,
    Elle disait avec douleur :
« Ma fleur est invisible ; en tous lieux je ne pousse
Qu'à l'abri du soleil ; et je rampe en naissant.
    Ah ! quand je vois ce robuste géant
    Contre lequel la faulx du Temps s'émousse,
Je me dis tristement : Qu'est-ce donc qu'une Mousse ? »
    — « Quoi ! tu te plains, répond l'Arbre à son tour :
Mais au-dessous de toi n'est-il pas quelques plantes
Sans racines, sans fleurs, ni feuilles verdoyantes,
    Et dont la lumière du jour
N'a jamais pénétré le ténébreux séjour ?...
Considère le sort de la Truffe terreuse,
Tu pourras te trouver beaucoup moins malheureuse. »

———

Chacun gémit sur son destin ;
Et dans tous les états on voit régner l'envie :
        Au lieu de jouir de la vie ,
On se forge, à plaisir, des sujets de chagrin *.

* *Fertilior seges est alienis semper in agris.*

✤✤✤✤✤✤✤✤✤✤✤✤✤✤✤✤✤✤✤✤✤✤✤✤✤✤✤✤

L'ACONIT ET LE MÉLILOT.

« Vois le casque élégant qui fièrement couronne
        Mes attraits et mon air vainqueur, »
Disait un Aconit, favori de Bellone,
        Au Mélilot plein de douceur.
« Je n'ai point ta beauté, répond-il; mais ma fleur
        N'a jamais fait mourir personne. »

✧✧✧✧✧✧✧✧✧✧✧✧✧✧✧✧✧✧✧✧✧✧✧✧✧✧✧✧✧✧✧✧

LA POULE ET LA MÉLONGÈNE.

Loin de son bruyant poulailler,
Cocotte, long-temps prisonnière,
Se glisse, en tapinois, dans une vaste serre
Qu'enfermaît un jardin fruitier
D'une espèce fort singulière.
Près d'une Mélongène elle aperçoit des œufs
Dont la blancheur émeut son cœur sensible ;
La pitié lui rend tout possible
Pour ne plus s'occuper que d'eux.
Chaque matin, à la même heure,
La Poule venait les couver,
Et, pensant mieux les conserver,
Dans la serre, bientôt, établit sa demeure.
Songeant sans cesse aux petits orphelins
Dont elle se croit déjà mère,
Elle sourit d'avance à leurs jeux enfantins,
Et l'espoir nourrit sa chimère.
Mais, hélas ! ce fut temps perdu !

Le jour marqué par la nature
Pour donner d'autres soins à sa progéniture
Sans fruit par elle est attendu.
La pauvre Poule désolée
Un peu tard reconnaît son tort,
Et prend aussitôt sa volée
Vers des œufs d'un meilleur rapport.

* Les fruits de la Mélongène offrent la forme et la couleur des œufs de Poule : aussi lui a-t-on donné le nom de POULE QUI POND.

❖❖❖❖❖❖❖❖❖❖❖❖❖❖❖❖❖❖❖❖❖❖❖❖❖❖❖❖❖

LE TILLEUL ET LA BRIONE.

De tes embrassemens je me suis souvent plaint,
Disait un gros Tilleul à la faible Brione ;
Mais depuis quelque temps la force t'abandonne :
Qui trop embrasse mal étreint.

❖❖❖❖❖❖❖❖❖❖❖❖❖❖❖❖❖❖❖❖❖❖❖❖❖❖❖❖

LE CHANVRE MALE
ET LE CHANVRE FEMELLE.

Sur les tuiles d'un appentis
Un Passereau, friand de chenevis,
En avait déposé deux graines
Qui, dans le cours de six semaines,
Offraient déjà deux grands produits,
Dont l'un mâle et l'autre femelle.
Arriva le temps des amours;
Bientôt la Plante la plus belle
Grossit, et d'un support implora le secours.
Un Écolier, témoin de ce prodige,
En cherchait l'éclaircissement.
Son père lui dit gravement :
« La Plante dont tu vois la tige
Portant sa graine à son sommet,
Est un beau pied de Chanvre mâle ;
Son voisin, plus faible et plus pâle
De l'autre sexe est un sujet. »

L'enfant, surpris, répondit à son père :
— « En vérité, je ne te conçois pas ;
Notre Chat serait donc la mère
Qui portait tous nos petits Chats ? »

Les préjugés que l'on cherche à détruire
Semblent renaître plus nombreux.
On voit encor des gens qui s'obstinent à dire
Que certains Coqs * pondent des œufs.

* Le serpent fabuleux, nommé *Basilic*, provient, selon l'opinion du peuple, de l'œuf d'un Coq.

✤✤✤✤✤✤✤✤✤✤✤✤✤✤✤✤✤✤✤✤✤✤✤✤✤✤✤✤✤✤

LE TANNEUR ET LE SUMAC.

D'un Sumac un Tanneur voulant ravir l'écorce,
Le déchire et cause sa mort.
L'arbre lui dit, en terminant son sort :
Tout par douceur, et rien par force.

✥✥✥✥✥✥✥✥✥✥✥✥✥✥✥✥✥✥✥✥✥✥✥✥✥✥✥✥✥✥

LA FEUILLE DU MÛRIER.

Un Philosophe, ami de tous les arts,
Élevait avec soin ces Vers venus de Chine,
　Dont le travail échappe à nos regards,
　Dont les produits illustrent l'origine.
　Pour avoir des sucs nourriciers,
Un jour, il s'occupait à planter des Mûriers.
Un Passant l'aperçoit, s'approche, l'examine,
　Et veut savoir ce qu'il fait là ?
Le Sage lui répond : « Je sème de la soie. »
Notre ignorant se dit : «Il me prend pour une oie ;»
　Et, mécontent, il s'en alla.
　Quelque temps après il repasse,
Et voyant notre sage effeuiller les rameaux
　De ses utiles arbrisseaux,
Il l'interroge encore : « Ah ! dites-moi, de grâce,
　Quel est le but de ces travaux ? »
Le Sage lui répond : « Je cueille de la soie. »

Le rustre, souriant, poursuivit son chemin ;
  Mais il se dit : Il faudra que je voie
Si je serai toujours berné par ce malin.
Il revient, en effet, avec un air câlin,
Dire au cultivateur : « Montrez-moi donc la soie
    Que vous semiez dans cet enclos. »
    A ses yeux le Sage déploie
Une brillante étoffe, et prononce ces mots :

    « C'est en cultivant son génie
  Qu'on se prépare un glorieux destin :
    Avec le temps et l'industrie
La feuille du Mûrier se transforme en satin. »

❖❖❖❖❖❖❖❖❖❖❖❖❖❖❖❖❖❖❖❖❖❖❖❖❖❖❖❖

LA PRIMEVÈRE ET LA BERGÈRE.

Pourquoi m'effeuilles-tu, moi qui te plaisais tant ?
Disait à Lycoris la fraîche Primevère.
Tes feuilles, tes regrets, répondit la bergère,
  Autant en emporte le vent.

❖❖❖❖❖❖❖❖❖❖❖❖❖❖❖❖❖❖❖❖❖❖❖❖❖❖❖❖❖

LA CAMOMILLE ET LE TILLEUL.

« Unissons-nous pour le bonheur des femmes !
Disait la Camomille au Tilleul printanier ;
 Sous ton ombrage hospitalier
L'amour trouble, parfois, le repos de ces dames ;
 Ton agréable et douce fleur
 Est près d'elles en bonne odeur,
Et la fille en prescrit le breuvage à sa mère.
 On me trouve peut-être amère ;
 Mais tant de maux sont combattus
 Par mes admirables vertus,
 Qu'à mille fleurs on me préfère. »

 Depuis ce jour, ces bons amis
 Tiennent ce qu'ils se sont promis.
 Tous les deux ont fait la conquête
 Du sexe que l'on dit trompeur :
 L'un sait guérir ses maux de tête,
 L'autre, calmer ses maux de cœur.

✤✤✤✤✤✤✤✤✤✤✤✤✤✤✤✤✤✤✤✤✤✤✤✤✤✤✤✤✤✤

L'ÉPI DE BLÉ.

Trois Beaux-Esprits, en allant à Vincenne,
   Eurent ensemble un démêlé
   Sur un certain Épi de blé
   Que l'un d'eux cueillit dans la plaine.
Voyez, dit Florimond, cet Épi de froment ;
   Comme il est gros et comme il se rengorge !
Ce n'est pas du froment, reprit Paul, c'est de l'orge ;
   Je m'y connais assurément.
Vous vous trompez tous deux, interrompit Armand,
   Je gage que c'est de l'avoine ;
   Ne voyez-vous pas que la graine
   Va toujours en diminuant ?
Pendant cet altercas survient le jeune Ariste,
Ami de ces messieurs, de plus grand botaniste ;
Ils le prennent pour juge... Erreur de tout côté,
Leur dit-il en riant : c'est du seigle ergoté ;
   Notez ce nom sur votre liste.

✦✦✦✦✦✦✦✦✦✦✦✦✦✦✦✦✦✦✦✦✦✦✦✦✦✦✦✦

LES PLANTES SAUVAGES
ET LES PLANTES CULTIVÉES.

Dans un vaste jardin long-temps abandonné
  Croissaient mille Plantes sauvages ;
Jouissant, à loisir, des rares avantages
  D'un libre choix et d'un sol fortuné.
Ces dames n'aiment point à voir, dès leur enfance,
Contrarier leurs goûts, exiger leurs bienfaits ;
  L'art de briller par d'aimables attraits
Pour elles ne vaut pas la douce indépendance.
La vente du terrain changea cet heureux sort.
  Un beau matin, la bêche, la faucille,
    Répandent dans chaque famille
    Et le désespoir et la mort.
    On traite de mauvaises herbes
    Ces trop fertiles végétaux.
Des Légumes choisis et des Plantes superbes
Du jardin cultivé remplissent les carreaux.
Au bout d'un certain temps on vit des Graminées,

Envahissant l'enclos, se mêlant au gazon,
En dépit des sarcleurs, pulluler à foison,
Et reparaître encor, quoique déracinées *.
  « Sortez d'ici, dit la Reine des Fleurs,
    Vous étouffez notre feuillage. »
  — « Sortez vous-même ! et dites à vos sœurs
    Que ce sol est notre partage. »
Le jardinier, témoin de leur vif altercas,
    N'avait pas assez de ses bras
  Pour extirper cette maudite engeance ;
  Il suffisait d'un jour de négligence
  Pour voir renaître et Plantes et débats.

 - Ainsi l'on voit des nations sauvages
Par force abandonner leurs féconds héritages
    A des peuples civilisés ;
  Mais de quel droit, conquérans sanguinaires,
Prétendez-vous changer les mœurs, les caractères
    Des malheureux que vous catéchisez ?

---

* *Infelix lolium et steriles dominantur avenæ.*
                    (Virg.)

✤✤✤✤✤✤✤✤✤✤✤✤✤✤✤✤✤✤✤✤✤✤✤✤✤✤✤✤✤✤

LA BERGÈRE, LE PAPILLON
ET LES FLEURS.

Lise, dans un riant jardin,
Disait, en songeant à Colin :
« C'est pour embellir ma parure
Qu'au printemps je vois la nature
Nuancer ces aimables Fleurs.
O charmante métamorphose !
Mon teint du Lis et de la Rose
Réunit les fraîches couleurs ;
Et plus d'un berger du village
Y voit ma séduisante image
En me disant mille douceurs. »
— « Tu présumes bien de toi-même,
Et ton amour-propre est extrême,
Lui dit un brillant Papillon,
Né la veille au prochain vallon ;
C'est pour moi, favori de Flore,
Que les Fleurs s'empressent d'éclore ;

Pour moi la Mélisse, le Thym
Conservent un mielleux butin. »
De ce discours la Bergère étonnée
Allait punir l'insecte impertinent,
Quand, tout-à-coup, un venimeux serpent
Vient de son dard piquer l'infortunée.
La pauvre Lise en meurt soudain ;
Le Papillon périt le lendemain ;
Et chaque Fleur sur sa tige légère
Perdit bientôt ses charmes éclatans.

Fatal destin, qui veut que sur la terre
Tout soit créé pour briller peu d'instans !

LA ROSE ET L'IMMORTELLE.

« JE suis la fleur d'amour, admirez mes attraits, »
Disait, en s'entr'ouvrant, une Rose nouvelle.
« Moi, la fleur d'amitié, reprit une Immortelle ;
Je garde ma couleur et ne pique jamais. »

❖❖❖❖❖❖❖❖❖❖❖❖❖❖❖❖❖❖❖❖❖❖❖❖❖❖❖❖❖❖

LE LIERRE ET L'ORMEAU.

Près d'un Ormeau champêtre un Lierre était planté ;
 Ils végétaient de compagnie,
 Et la plus aimable harmonie
 Naissait de leur fraternité.
 « Si vous avez protégé ma jeunesse,
 Disait le Lierre à son ami,
 Je soutiendrai votre vieillesse,
Et contre les Autans vous serez affermi.
 Puisque l'amitié nous rassemble,
 Vivons heureux toujours ensemble ! »
De cet attachement l'Arbre semblait flatté ;
Mais le cœur se corrompt dans la prospérité.
L'Ormeau, devenu grand, se croit une puissance ;
Avec un arbrisseau d'aussi mince apparence
 Il ne veut plus d'intimité.
La tendresse du Lierre et l'offense et l'irrite ;
 Ne voulant plus s'en laisser embrasser,
Il prie un bûcheron de le débarrasser

7*

De l'hôte qu'il traitait d'importun parasite.
    Le bûcheron le satisfait bien vite ;
Mais dans les coups qu'il porte à cet infortuné
    L'Orme ingrat n'est point épargné.

De ce doux sentiment qui charme et qui console,
    O vous, qui goûtez les bienfaits,
Sur les ailes du Temps si l'Amitié s'envole,
    Déliez-vous et ne rompez jamais.

❖❖❖❖❖❖❖❖❖❖❖❖❖❖❖❖❖❖❖❖❖❖❖❖❖❖❖❖❖

L'ANCOLIE ET L'OEILLET D'INDE.

D'un OEillet d'Inde une jeune Ancolie
    Contracta la fétide odeur.

On corrompt, trop souvent, son esprit et son cœur
    En fréquentant mauvaise compagnie.

✤✤✤✤✤✤✤✤✤✤✤✤✤✤✤✤✤✤✤✤✤✤✤✤✤✤✤✤

LES CAPUCINES ET L'AIGREMOINE.

Dans un couvent de l'Arragon
Vivaient d'aimables Capucines
Cachant leurs figures lutines
Sous un grotesque capuchon ;
Leur élégante gentillesse
Enflamma de jeunes Muguets
Dont le doux parfum , la simplesse
N'étaient pas les moindres attraits.
Les belles encapuchonnées ,
Qui partageaient leur tendre feu,
Chaque soir se faisaient un jeu
De leur lancer quelques fusées * ;
Mais cette innocente faveur
Rendit jaloux un Aigremoine
Qui, là, vivant en vrai chanoine ,
Voulait être leur directeur.

* Ces fleurs lancent, le soir, des étincelles électriques.

Le grand point, en pareille affaire,
C'est de posséder l'art de plaire ;
Et l'austère amoureux
Leur paraissait affreux.
Tandis qu'il projetait de punir ces coquettes,
L'été, successeur du printemps,
Vint dessécher les Muguets si charmans,
Et flétrir les Anachorètes.
L'Aigremoine jaloux, que l'on trouva moins laid,
Obtint, alors, ce qu'il voulait.

Pour réussir il faut savoir attendre ;
Et les cœurs les plus fiers finissent par se rendre.

❖❖❖❖❖❖❖❖❖❖❖❖❖❖❖❖❖❖❖❖❖❖❖❖❖❖❖❖❖❖

LE JARDINIER ET LE SUREAU.

Un Jardinier croyant pour tailler un Sureau
Qu'il fallait déployer sa force,
Dit, en coupant aisément l'arbrisseau :
Il ne faut pas juger du bois par son écorce.

✦✦✦✦✦✦✦✦✦✦✦✦✦✦✦✦✦✦✦✦✦✦✦✦✦✦✦✦✦✦✦

LE PISSENLIT.

« Maudit soit l'insolent, qui me donnant son nom,
Flétrit d'un sobriquet la gent Léontodon ! »
Disait un Pissenlit que sa rare science
    Rendait l'oracle du canton *.
« Des anciens jardiniers la stupide ignorance
    A baptisé nombre de végétaux ;
    Et j'en connais beaucoup, en France,
    Qui détestent les noms nouveaux.
    En parlant comme ces profanes,
    Ici j'aperçois l'*Herbe aux ânes*,
La *Barbe de renard* et le *Pain de pourceau* ;
Là, je vois l'*OEil de bœuf* et la *Masse au bedeau* ;
  Un peu plus loin, le *Gant de Notre-Dame*,
Le *Peigne de Vénus* et la *Trique-Madame*,
    Le *Nez coupé*, le *Pied de veau*....
Ah ! combien je bénis les savans botanistes
Qui de noms distingués ont composé leurs listes ;
A leurs yeux clairvoyans rien ne paraît confus.

* *Voyez* la note, page 114.

Chaque plante pour eux devient un personnage
    Dont ils jugent les attributs ;
    Et leur ingénieux langage
Les décore de noms fondés sur leurs vertus ,
Leurs formes, leurs couleurs, leur pays, leur usage.
D'après un tel système on pourra , sans rougir,
Appeler par son nom chaque fille de Flore ;
    Et le sobriquet que j'abhorre
    Ne fera plus mon déplaisir. »

LA GIROFLÉE ET LA PAQUERETTE.

La Giroflée, un jour, dit à la Paquerette :
    « Que je plains ta simplicité !
Tu n'as pas, comme moi, la taille et la beauté. »
— « Je suis, répondit-elle, une simple Fleurette ;
Mais je sers à l'Amour d'innocente interprète. »

LE MÉDECIN ET LE SOUCI PLUVIAL.

Un fameux Médecin
Avait dans son jardin
Des fleurs de toutes les contrées ;
Mais leurs vertus, la plupart ignorées,
Souvent dans leur emploi le rendaient incertain.
Un Souci pluvial, qu'il connaissait à peine,
Agitait tour à tour ses pétales charmans.
« Pourquoi donc, lui dit-il, tant de frémissemens ?
Par quelle cause inconnue et soudaine
Éprouves-tu ces divers mouvemens ? »
La Fleur lui répondit : « Docteur, viens à l'école.
Quand le soleil paraît brillant et pur
J'entr'ouvre aussitôt ma corolle ;
Mais on me voit changer de rôle
Lorsque le temps n'est pas très-sûr.
Le matelot, redoutant la tempête,
Vient me consulter sur les vents ;
Et la veille du jour où l'on chôme une fête,

On m'interroge encor sur les événemens ;
Enfin je fais ici la pluie et le beau temps. »
— « Tu l'emportes sur moi par un rare avantage,
Repartit le docteur ; mais retiens cet adage
    Comme une instructive leçon :
    Prévenir le mal est plus sage
    *Que d'opérer sa guérison**. »

Les Fleurs sont à mes yeux une galanterie
    Que le ciel a faite aux humains ;
Et lorsque j'examine une riche prairie
Je cherche à deviner dans quels secrets desseins
Chaque Plante nous offre une tige fleurie.
    La Nature a beaucoup d'amans,
    Mais elle a peu de confidens.

* *Felix qui potuit rerum cognoscere causas.*
                          (Virg.)

✦✦✦✦✦✦✦✦✦✦✦✦✦✦✦✦✦✦✦✦✦✦✦✦✦✦✦✦✦✦

LES FLEURS EN BALEINE.

ALLÉGORIE.

Chloris, après avoir par un Busc en baleine
    Affermi son étroit corset,
    En supprima, mais non sans peine,
    Ce corps trop dur qui la blessait.
Si sa taille légère y perdit quelque chose,
De ses maux d'estomac se détruisit la cause.
    Le Busc à l'écart gémissait
De ne plus occuper sa place fortunée ;
    Il croyait que sa destinée
    Était de rendre un corsage parfait.
L'Amour vint consoler ce protecteur des Belles ;
    Et, le caressant de ses ailes,
    Il lui promit que bientôt un amant
Trouverait le secret de finir son tourment.

Le tendre Sélicour à Chloris rend visite ;
Il voit le Busc oublié dans un coin ;
Près de lui n'est aucun témoin,
Il s'en empare et l'emporte bien vite.
Que fera-t-il de cet heureux objet,
Des charmes de Chloris voisin sage et discret,
Dont son cœur enviait le galant ministère ?
L'Amour à l'instant lui suggère
Un singulier projet.
Cette baleine à l'exil condamnée,
Par Sélicour avec art façonnée,
Et réduite en minces feuillets,
De la batiste imite les effets ;
Avec adresse il les assemble ;
Et, revêtus d'éclatantes couleurs,
Ces copeaux élégans forment par leur ensemble
Un bouquet de naissantes fleurs.
Grâces à ces métamorphoses,
Le Busc eut le destin des OEillets et des Roses ;
L'Amour le replaça dans le souple corset
Que Flore de ses dons, naguère, embellissait.
Mais plus heureux que les Fleurs et leur Reine,
Dont la beauté passe ainsi que l'odeur,
Il conserve toujours son éclat, sa fraîcheur ;

Et depuis ce moment, sans craindre la migraine,
Chloris, dans son boudoir, a des fleurs en baleine.

Rival de la nature et son imitateur,
On voit l'art, chaque jour, opérer des prodiges ;
Et par ses aimables prestiges,
Charmer les sens, et l'esprit, et le cœur *.

* *Ars multa comvlet, quæ efficere natura non potest.*
(ARISTOT.)

ÉPILOGUE.

LE TARIN ET LE BRUANT.

Un Tarin, perché sur un Orme,
S'occupait à construire un nid ;
Un Bruant babillard en critiquait la forme
Et faisait un pompeux récit
Des nids qu'il avait vus dans son dernier voyage,
De ceux qu'il façonnait lorsqu'il était amant...
« Mais, lui dit le Tarin, montre donc ton ouvrage !
Que nous jugions de ton talent ! »

Plus d'un impertinent Zoïle
Pour un défaut léger fait souvent bien du bruit.
Au censeur qui n'a rien produit
La critique est toujours facile.

FIN.

NOTES.

ACONIT NAPEL. (*Aconitum napellus.*) Indigène. L'étymologie d'*Aconitum* est incertaine. *Napellus* signifie en latin *petit navet.* Ainsi surnommé à cause de la forme de sa racine. Ses grandes fleurs bleues représentent assez bien un casque antique, d'où leur vient le nom de *Fleurs en casque.* Tous les aconits sont vénéneux.

AIGREMOINE OFFICINAL. (*Agrimonia eupatoria.*) Indigène. Étymologie incertaine. La tige de cette plante est haute de trois pieds. Ses feuilles sont velues, âcres et astringentes; ses fleurs rosacées et jaunes. Leur calice est épineux, et se change en un fruit rond, hérissé de piquans.

AMARANTE, QUEUE DE RENARD. (*Amarantus caudatus.*) Originaire du Pérou. La plupart des jardiniers confondent cette plante

avec la *Célosie passe-velours* (*Celosia cris-
tata*). C'est cette dernière dont les poëtes
chantent la fleur sous le nom *d'amarante;*
du grec *amarantinos* (*qui ne se flétrit pas*).
Une amarante d'or est un des prix que l'on
décerne dans les Jeux Floraux à Tou-
louse. Cette fleur est le symbole de l'immor-
talité et du génie.

ANCOLIE DES JARDINS. (*Aquilegia vulgaris.*) Du latin *aquilina,* parce que le tube
des pétales est recourbé comme le bec d'un
aigle. Si cette plante ne croissait pas spontanément dans nos bois et à l'ombre de nos
haies, on la rechercherait pour sa beauté
et la singularité de ses fleurs.

ANÉMONE DES FLEURISTES. (*Anemone co-
ronaria.*)Originaire des Indes. Du grec *ane-
mos* , *vent* , parce que plusieurs espèces
croissent dans les lieux exposés aux vents.
Les poëtes ont imaginé que cette belle
fleur provenait du sang d'Adonis qui,

après sa mort, fut changé par Vénus en Anémone.

Angélique cultivée. (*Angelica archangelica.*) Originaire des Alpes. Du latin *Angelus, ange.* Ainsi nommée à cause de ses vertus médicinales. Toutes les parties de cette plante ont un goût aromatique ; elles sont cordiales, stomachiques et vulnéraires.

Artichaut cultivé. (*Cynara Scolymus.*) Originaire du Languedoc. *Cynara* dérive du grec *kyón, chien,* et *scolymus,* d'un mot qui signifie *je déchire,* à cause des piquans qui terminent les écailles du calice. Cette plante est de la famille des *Chardons.*

Blé ou Froment. (*Triticum hibernum.*) Indigène. *Triticum* dérive du latin *tritus,* broiement, parce qu'on bat les épis pour en faire sortir les grains. On appelle vulgairement *Blé* le Seigle et l'Orge ; mais c'est au Froment qu'on doit appliquer spécialement le nom de Blé. Le Blé de Smirne, ou Blé de miracle, est une variété du Froment dont l'épi se ramifie. Un grain de ce blé, semé dans un jardin, a donné 92 épis et 13,800 grains. Pline cite un pied de blé d'Afrique qui contenait 400 tiges, toutes provenant d'un seul et même grain.

Bolet. (*Boletus.*) Indigène. D'un mot grec qui signifie *motte de terre*. Ainsi nommé à cause de sa surface raboteuse. La plupart des espèces de ce genre sont vénéneuses. Le *bolet comestible* est connu sous le nom de *cèpe*, de *gyrole*, etc. L'amadou vulgaire et l'agaric des chirurgiens se font avec le *boletus ignarius*.

Brione ou Vigne blanche. (*Bryonia alba.*) Indigène. Son nom est formé d'un mot grec qui signifie *pousser abondamment.* Ainsi nommée, parce que la Brione pousse quantité de tiges qui se jettent de tous côtés. Cette plante grimpante a une racine vénéneuse appelée vulgairement *navet du diable.*

Camomille romaine. (*Anthemis nobilis.*) Originaire de l'Italie. *Anthemis* dérive du mot grec *anthos*, *fleur*. On emploie fréquemment les fleurs de cette plante dans le traitement de plusieurs maladies ; elles sont fébrifuges, stomachiques et vermifuges.

Capucine cultivée. (*Tropæolum-majus et minus.*) Du latin *tropæolum*, *petit trophée*, parce que les feuilles représentent des boucliers et que les fleurs ressemblent à des casques. *La petite capucine*, originaire du Pérou, fut introduite dans les jardins en 1580. *La grande capucine*, originaire du Mexique, le fut en 1684. La fille de Linné observa la première qu'avant le crépuscule du soir les fleurs de la grande capucine produisent une sorte d'explosion électrique.

Champignon. (*Fungus,* nom latin radical.) *Champignon* vient du latin barbare *campinio*. Ce genre de végétaux est remarquable par l'absence des feuilles et de la corolle.

La plupart des espèces sont des poisons dangereux. Il est des champignons qui parviennent à leur état parfait dans l'espace de cinq à six heures ; il en est d'autres à qui une année suffit à peine pour leur développement complet.

CHANVRE CULTIVÉ. (*Cannabis sativa.*) Originaire de l'Asie. *Cannabis*, nom grec radical. La fleur mâle est séparée de la femelle sur des pieds différens. L'espèce qui porte les étamines est improprement appelée par les gens de la campagne, *chanvre femelle ;* et ils nomment l'autre espèce, qui porte les graines, *chanvre mâle.* En changeant cette fausse application du nom, on retrouve la vérité.

CHARDON AUX ANES. (*Carduus eriophorus.*) Indigène. *Carduus* est le nom latin radical ; *eriophorus* est formé de deux mots grecs qui signifient *porte-laine ;* ainsi nommé parce que le calice est *velu.* Ce duvet se file comme du coton. On peut manger les têtes avant la fleuraison.

CHÊNE VULGAIRE. (*Quercus robur.*) Indigène. *Quercus* dérive d'un mot grec qui signifie *dur*, et *robur* signifie en latin *force*, *vigueur*. L'écorce et la râpure du bois de chêne fournissent le meilleur tan pour préparer les cuirs. Le Chêne liége (*Quercus suber*) produit une écorce légère et fongueuse qui sert à différens usages. Le Chêne cochenille (*Quercus coccifera*) fournit une petite galle rouge, causée par la piqûre d'un insecte nommé *Kermès;* on en tire une belle couleur écarlate. C'est sur les Chênes du Levant que croissent les *noix de galle*, dont on fait usage dans la composition de l'encre et des teintures noires. Voyez YEUSE.

CHÈVREFEUILLE DES JARDINS. (*Lonicera caprifolium.*) Indigène. Linné l'a consacré à la mémoire de *Lonicerus*, botaniste allemand, mort en 1550. *Caprifolium* est formé de deux mots latins qui signifient *chèvre, feuille;* ainsi nommé parce que les chèvres broutent les feuilles de quelques espèces de ce genre.

CITRONNIER VULGAIRE. (*Citrus medica.*) Originaire de l'Inde. *Citrus* est formé de *Citræa*, ville d'Asie. *Medica* signifie *médicinal.* Le suc de citron est rafraîchissant et tempérant. On en fait la limonade, qui sera toujours la boisson la plus salutaire dans les maladies aiguës. L'écorce du citron et les feuilles du citronnier sont fébrifuges. Ce bel arbrisseau est naturalisé en Provence.

CLANDESTINE BLEUATRE. (*Lathræa clandestina.*) Indigène. *Lathræa* dérive d'un mot grec qui signifie *clandestine.* Dans cette plante parasite il n'y a que les fleurs d'apparentes. On la trouve difficilement, étant presque toujours cachée sous la mousse, au pied des grands arbres.

Clématite odorante. (*Clematis flammula.*) Indigène. Les Grecs exprimaient par *clemata* les vrilles ou mains de la vigne. On a transmis ce nom au genre dont il s'agit. *Flammula,* en latin, signifie *petite flamme;* surnommée ainsi, parce que son suc enflamme la peau.

Cuscute d'Europe, Barbe de Moine. (*Cuscuta europæa.*) Indigène. *Cuscuta* dérive d'un mot latin qui exprime les longs filamens que pousse la plante. La Cuscute ne devient parasite qu'après avoir tiré sa première nourriture de la terre par un filet qui lui sert de racine et qui se dessèche bientôt. Ses fleurs naissent en petites têtes disposées de côté et d'autre sur des filamens capillaires.

Cytise, Aubours, faux Ébénier. (*Cytisus laburnum.*) *Cytisus* est formé, selon Pline, du nom d'une île de l'Archipel. *Laburnum* est le nom radical d'*aubours,* dénomination vulgaire de cet arbre qui, à cause de la souplesse et de l'usage de ses branches, s'appelle aussi *bois d'arc*. Les fleurs du Cytise sont de la famille des *Papilionacées*.

Ephemère de Virginie. (*Tradescantia virginica*.) Du grec *ephemeros, qui ne dure qu'un jour*. Beaucoup de fleurs mériteraient ce nom ; mais on l'a donné exclusivement aux plantes de ce genre. L'espèce citée a été introduite en Angleterre, vers 1629, par Jean *Tradescant*, botaniste hollandais.

Figuier commun. (*Ficus carica*.) Originaire de l'Asie. *Ficus* dérive d'un mot hébreu qui désigne le Figuier, et *carica* est formé du latin *Caria*, la *Carie*, parce que les premières figues sont venues de ce pays. On a long-temps ignoré le mystère de la fécondation du Figuier. La structure de sa fleur est extraordinaire. Ce qu'on appelle *figue* n'est qu'un réceptacle qui ne s'ouvre jamais pour faire apercevoir les parties essentielles de la fructification. La *figue* est donc réellement l'enveloppe des fleurs et des fruits.

FRAISIER VULGAIRE. (*Fragaria vulgaris.*) Indigène. *Fragaria* est formé du latin *fragrantia, odeur;* ainsi nommé, parce que les Fraises ont une odeur agréable. On conseille aux goutteux l'usage de ce fruit rafraîchissant. Linné éprouvait rarement ses retours de goutte, depuis qu'il mangeait beaucoup de fraises.

FRÊNE TRÈS-ÉLEVÉ. (*Fraxinus excelsior.*) Indigène, étymologie incertaine. C'est sur cet arbre de haute futaie que se plaisent les mouches cantharides. Le *Fraxinus rotundifolia,* qui croît en Italie et en Calabre, produit une liqueur très-claire, qui s'épaissit en grumeaux, et qu'on appelle *Manne en larmes.*

GALANT DE NUIT. (*Cestrum nocturnum.*)
Originaire du Chili, étymologie incertaine.
Les plantes de ce genre exhalent de leurs
feuilles et de leurs fleurs une odeur nauséa-
bonde, mais qui se change pour les fleurs
de quelques espèces en parfum agréable,
à certaine heure du jour. Le *Galant du
soir* et le *Galant de nuit* répandent une
odeur suave dans ces momens. La plupart
de ces jolis arbrisseaux sont vénéneux.

GARDÈNE A GRANDES FLEURS, JASMIN DU
CAP. (*Gardenia florida.*) Originaire des Indes orientales. Son nom vient du botaniste
anglais *Garden*, à qui Linné l'a dédiée.
Cet arbrisseau, cultivé au Cap, s'élève jusqu'à six pieds ; chez nous les graines ne produisent que des arbustes, mais charmans
par leur feuillage persistant, lisse et d'un
beau vert, par leurs fleurs simples ou dou-
bles, toujours blanches, se conservant long-
temps, et exhalant une odeur très-suave.

Genêt a balai. (*Spartium scoparium.*) Indigène. *Spartium* dérive d'un mot grec qui signifie *lien*, *petite corde*, ainsi nommé parce qu'on se sert de ses rameaux pour former des liens ; en les faisant rouir comme le chanvre, on peut en fabriquer de la toile. Dans les campagnes on en fait des balais, ce qu'exprime l'épithète de *scoparium* qui signifie *balayeur*.

Gesse odorante, **Pois de senteur.** (*Lathyrus odoratus.*) *Lathyrus* dérive d'un mot grec qui signifie *cacher ;* ainsi nommé parce que les parties de la fructification sont cachées par la corolle. Cette jolie fleur est originaire de Ceylan.

Giroflée des jardins. (*Cheiranthus annuus.*) Originaire d'Espagne. *Cheiranthus* est composé de *kheiri*, nom arabe de la giroflée, et d'*anthos*, qui en grec signifie *fleur*. Sa dénomination française vient de l'odeur de *girofle* qu'exhalent ses fleurs.

GRENADIER A FRUIT. (*Punica granatum.*) Originaire d'Afrique. *Punica* signifie en latin *Carthaginois*. Ses fruits renferment beaucoup de graines, ce qui lui a fait donner l'épithète de *granatum.* Ce mot corrompu a produit en français ceux de *Grenade* et *Grenadier*.

HOUX FRELON. (*Ruscus aculeatus.*) Indigène. *Ruscus* semble être un diminutif de *rusticus*, rustique, rustre. *Aculeatus* signifie *hérissé de piquans.* Les semences de cette plante, rôties comme le café, fournissent une boisson agréable et diurétique.

IMMORTELLE VULGAIRE. (*Xeranthemum annuum.*) Originaire d'Autriche. *Xeranthemum* signifie en grec *fleur sèche;* ainsi nommé parce que le calice est scarieux. Cette plante offre plusieurs variétés; mais la Fleur appelée vulgairement *Immortelle* est le *Gnaphale oriental* ou *Immortelle jaune.* (*Gnaphalium orientale.*)

Jasmin blanc. (*Jasminum officinale.*) Originaire des Indes. *Jasmin* est un mot turc. Les fleurs de cet arbuste exhalent une odeur suave qui jamais n'incommode ; elles servent à la parfumerie.

Lamier blanc, Ortie blanche. (*Lamium album.*) Indigène. Son nom latin dérive de *lamia*, espèce de monstre marin, à cause de la forme de ses fleurs. C'est une de ces plantes que beaucoup de médecins prescrivent pour amuser les malades. Ses prétendues vertus contre les *flueurs blanches* sont fondées sur l'ancien et absurde système des *signatures*, c'est-à-dire sur le rapport que le nom ou la figure des plantes offre avec les maladies.

Lavande vulgaire. (*Lavandula spica.*) Originaire du midi de l'Europe. Son nom dérive du latin *lavare, laver;* ainsi nommé parce qu'on s'en sert dans les bains. *Spica* exprime que les fleurs sont en *épi,* d'où l'on a fait *aspic*, nom donné à l'huile essentielle des fleurs de Lavande.

LIERRE RAMPANT. (*Hedera helix.*) Indigène. *Hedera* est formé du latin *adhærere*, adhérer, ainsi nommé, parce que cet arbrisseau grimpe et s'attache aux corps qu'il rencontre. *Helix* est le nom latin radical d'une espèce de ce genre. Les baies du lierre sont purgatives et émétiques.

LILAS VULGAIRE. (*Syringa vulgaris.*) Originaire de Perse. *Lilac* est un nom arabe que Linné a changé en celui de *syringa*, dérivé du grec *syrinx*, flûte, pour indiquer que leur bois, rempli de moelle, peut se creuser comme une flûte. Les Turcs en font effectivement des tuyaux de pipe. L'arbrisseau nommé vulgairement *syringa odorans* est d'un autre genre.

LIN CULTIVÉ. (*Linum usitatissimum.*) Indigène. *Linum* vient d'un mot grec qui signifie *lisse*, parce que les semences du lin sont très-lisses. Ce végétal est d'une grande utilité. Il est employé dans les arts et en médecine. Il fournit, comme le chanvre, une filasse dont on forme du fil assez fin pour fabriquer les plus fines dentelles, et assez grossier pour les câbles et les voiles des vaisseaux.

Lis blanc. (*Lilium candidum.*) Originaire de la Syrie. Du grec *leirion*, *lis*. Cette fleur est le symbole de l'innocence et de la pureté. Dans les Jeux Floraux on donne un *lis* d'argent pour prix d'une ode à la Vierge.

Liseron de Portugal, Belle de jour. (*Convolvulus tricolor.*) Du latin *convolvere*, *entortiller*, qui exprime la disposition de la plupart des liserons à s'entortiller autour des corps environnans. Tel est entre autres celui des haies, que les jardiniers appellent *volubilis* et *liset*; ce dernier nom, de même que *liseron*, vient de ce que cette fleur offre la forme du *lis*.

LYCHNIS A GRANDES FLEURS. (*Lychnis coronata.*) Originaire du Japon. Du grec *lychnos*, *lampe* ou *candélabre*. Ainsi nommé, soit que la moelle de la plante qui la première a porté ce nom, servît à faire des mèches de lampe, soit à cause de la disposition de ses fleurs.

MÉLILOT OFFICINAL. (*Trifolium melilotus officinalis.*) Indigène. *Trifolium* est formé de deux mots latins qui signifient *trois feuilles*. *Melilotus* est formé de deux mots grecs dont l'un signifie *miel* et l'autre *doux*. Les abeilles recherchent cette fleur, et l'on s'en sert comme émolliente.

MELON VULGAIRE. (*Cucumis melo.*) Originaire du pays des Calmouks. *Cucumis* dérive du latin *curvus, courbé;* ainsi nommé à cause de la forme de quelques espèces. La pulpe du Melon est une agrégation de vésicules pleines d'une sérosité sucrée et aromatique. Les semences de ce fruit peuvent conserver leurs germes en état de se développer pendant quarante ans.

MÉLONGÈNE OVIFÈRE OU AUBERGINE. (*Solanum melongena.*) Originaire d'Amérique. *Solanum* dérive du latin *solari, soulager ;* ainsi nommé à cause des propriétés calmantes de quelques espèces de ce genre. *Mélongène* est composé de deux mots grecs qui signifient *en forme de melon.*

MOISISSURE. (*Mucor,* nom latin radical.) Vue avec de forts microscopes, la moisissure présente une prairie d'où sortent des herbes et des fleurs, les unes en bouton, d'autres tout épanouies et d'autres fanées, dont chacune semble avoir sa racine, sa tige et toutes les autres parties qui constituent les végétaux ; rien de plus délicat que ces plantes fugaces, un léger attouchement les offense, et un zéphir est pour elles une tempête. Quelle étonnante petitesse, et quelle quantité prodigieuse de corpuscules parfaitement organisés, dont cent mille égalent à peine la quatrième partie d'un grain de millet !

Mousse. (*Muscus*, nom radical.) Les mousses sont des plantes vivaces qui, après leur dessiccation, peuvent être revivifiées en les humectant. Elles sont ramassées en gazon et en touffes satinées, ou étendues comme un tapis élastique sur la terre, les pierres et les arbres. Les mousses sont utiles dans l'économie végétale et dans beaucoup d'arts.

Muguet ou Lis des vallées. (*Convallaria majalis*.) Son nom latin vient de ce qu'on trouve quelques espèces de ce genre dans les vallées. *Majalis* dérive de *maius, mai,* parce que cette plante fleurit au mois de mai. Ses feuilles pulvérisées entrent dans la composition de la poudre de *Saint-Ange*.

Murier blanc. (*Morus alba*.) Originaire de l'Asie. Du latin *mora, retard;* ainsi nommé, parce qu'il ne bourgeonne que lorsque les gelées ne sont plus à craindre. Les feuilles de cet arbre servent d'aliment au ver à soie (*Bombyx mori*), insecte précieux auquel nous devons la matière des plus belles étoffes.

NARCISSE DES POÈTES. (*Narcissus poeticus.*) Originaire d'Italie. Du grec *narke, engourdissement*, parce que l'odeur de cette fleur rend la tête pesante. La Fable raconte que le beau *Narcisse*, épris de lui-même, mourut de langueur et fut changé en la fleur qui porte son nom.

NÉFLIER VULGAIRE, MESLIER. (*Mespilus germanica.*) Originaire d'Allemagne. Nom latin radical. La culture a perfectionné cet arbrisseau et a produit des variétés à fruits très-gros. Ils sont d'une saveur âpre avant leur maturité, mais quand après avoir été cueillis au commencement d'octobre, ces nèfles sont restées sur la paille, elles deviennent rougeâtres, leur pulpe s'amollit et acquiert une saveur douce de pomme gâtée. On en cultive une espèce (le *mespilus abortiva*) qui donne des fruits sans noyaux.

NOYER CULTIVÉ. (*Juglans regia.*) Originaire de la Perse. *Juglans* est une contraction des mots *Jovis glans, gland digne de Jupiter.* La bonté de son fruit lui a valu ce nom et l'épithète de *regia, royal.* Les noix, à peine mûres, sont appelées *cerneaux.* Leur écale verte est nommée *brou.* L'huile que l'on tire de l'amande ne se fige à aucun degré de froid.

OEILLET D'INDE. (*Tagetes patula.*) Originaire du Mexique. *Tagetes,* étymologie incertaine ; *patula* signifie *touffu.* Le nom vulgaire de cette fleur, dont les caractères et surtout l'odeur diffèrent tant des véritables *œillets,* prouve l'ignorance de ceux qui les premiers ont baptisé les *Tagetes* de grand et petit œillets d'Inde, rose d'Inde, etc.

Ophrise-Mouche. (*Ophrys muscaria.*) Indigène. *Ophrys* en grec signifie *sourcil.* La famille des Ophrises offre des fleurs dont la forme singulière représente une mouche, une araignée, un homme, un nid d'oiseau , etc. On les trouve dans les prés arides.

Orme vulgaire. (*Ulmus campestris.*) Indigène. *Ulmus* est le nom latin radical. Cet arbre , qui croît partout , fournit un exemple merveilleux de fécondité. Un Orme adulte peut vivre un siècle, et rapporter dans une année plus de 33,000 graines ; ce qui donne, pour les cent ans de son existence, 3,300,000 graines provenant d'une seule semence.

Ortie dioïque. (*Urtica dïoica.*) Indigène. *Urtica* dérive du latin *urere, brûler ;* ainsi nommée à cause des poils piquans dont la plupart des espèces sont hérissées. *Dioica* est composé de deux mots grecs qui signifient *deux habitations,* parce que les organes sexuels sont séparés sur différens individus, comme le *Chanvre*.

Paquerette ou Petite - Marguerite. (*Bellis perennis.*) Indigène. *Bellis* dérive du latin *bellus, joli,* et *perennis* signifie *vivace.* Son nom français vient de ce qu'elle fleurit vers le temps de Pâque. On en cultive des variétés. qui donnent des fleurs de différentes couleurs.

Patience vulgaire. (*Rumex obtusifolius.*) Indigène. *Rumex* est le nom latin radical de l'*oseille*, espèce de ce genre. Cette plante est très-usitée dans la pratique médicale. On peut extraire des racines une teinture jaune.

Pavot des jardins. (*Papaver somniferum.*) Indigène. *Papaver* vient du latin *papa*, sorte de bouillie, à laquelle on ajoutait de la semence de pavot. On retire des semences de cette plante une huile connue sous le nom d'œillette, corruption du mot *olivette*, petite olive, pour exprimer ses qualités. En incisant les têtes fraîches du Pavot oriental, on se procure l'opium, substance narcotique, enivrante et antispasmodique.

PÊCHER CULTIVÉ. (*Amygdalus persica.*) Originaire de la Perse, et naturalisé en Europe. Du grec *amygdalos*, nom radical de l'Amandier, dont les Pêchers constituent une espèce. Les feuilles de cet arbrisseau sont amères et fébrifuges, les fruits rafraîchissans et peu nourrissans. C'est à Montreuil, près Paris, que l'on connaît le mieux la culture et la taille du Pêcher.

PENSÉE, VIOLETTE TRICOLORE. (*Viola tricolor.*) Indigène. Le mot *pensée* s'écrivait autrefois *paonsée*, parce que cette fleur ressemble aux plumes du *paon*. C'est par un jeu de mots que cette fleur est devenue le symbole de la *pensée*, comme le *souci* l'est du *chagrin*.

10*

Pissenlit commun. (*Leontodon taraxacum.*) *Leontodon* est composé de deux mots grecs qui signifient *dent de lion*. Ainsi nommé de la découpure de ses feuilles ; *taraxacum* est formé de deux autres mots qui expriment l'inégalité de ces mêmes découpures. On trouve cette plante partout, dans les marais comme sur les plus hautes montagnes. Les fleurs, qui se ferment et qui s'ouvrent à certaines heures, servent d'horloge aux bergers. Ses houpes emplumées lui font prévoir le calme ou l'orage.

Plantes sauvages — mauvaises herbes. Ce qu'on appelle communément mauvaises herbes, sont les enfans de la nature, des espèces de sauvages, dont les plantes cultivées envahissent journellement le territoire, mais qui tentent par tous leurs moyens à s'y maintenir ; elles le reconquièrent, en effet, pour peu que l'homme se néglige ; l'air, les eaux, les animaux en rapportent

les semences ; la terre les recèle long-temps ,
et, au moment favorable, on les voit pulluler ; souvent le cultivateur imprudent les
sème lui-même avec des fumiers mal faits.
On en connaît plus de trois cents espèces,
et il faut employer divers stratagêmes dans
la guerre qu'on leur livre.

PLATANE ORIENTAL. (*Platanus orientalis.*)
Originaire du Levant. Son nom vient d'un
mot grec qui signifie *large ;* ainsi nommé
à cause de l'ampleur de ses feuilles. Les Pla-
tanes d'Orient et d'Occident sont naturalisés
dans nos climats. Ils se dépouillent tous
les ans de leur écorce qui se détache par
plaques. Leur bois sert principalement pour
le charronnage.

POMMIER CULTIVÉ. (*Malus sativa.*) Indigène. *Malus* est formé du mot éolien *malon,*
qui signifie *Pomme.* C'est au Pommier sauvage qu'il faut rapporter ces variétés nombreuses qui décorent et enrichissent nos

jardins, nos vergers. L'arbre de la nature, croissant spontanément dans nos forêts, est armé d'épines et ne donne que peu de fruits, âpres et petits. Dans les mains du cultivateur, il a changé de port, il s'est dépouillé de ses épines ; et ses fruits, devenus doux et abondans, ont augmenté de volume et acquis des saveurs et des propriétés différentes.

PRIMEVÈRE ou PRIMEROLLE. (*Primula veris.*) Indigène. Ces noms latins signifient *première fleur du printemps.* On se sert de ses fleurs en manière de thé. L'*Oreille d'ours* (*Primula auricula*), jolie plante de ce genre, est originaire des Alpes.

RONCE VULGAIRE. (*Rubus fruticosus.*) Indigène. *Rubus* dérive du latin *ruber, rouge;* ainsi nommé parce que les fruits sont rouges avant leur maturité. La *Ronce framboisière* (*Rubus idæus*) est du même genre. Le fruit de toutes les espèces de ronces peut fermenter et donner du vin et de l'eau-de-vie.

Rose a cent feuilles. (*Rosa centifolia.*)
Indigène. Du grec *rodon*, rose. Cette fleur
est l'image de la beauté, du plaisir et du
bonheur. Elle était chez les anciens le symbole de la mollesse, de la volupté, et de la
briéveté de la vie. Les jardiniers-amateurs
cultivent sous le nom de *Rosier des peintres*
une espèce dont on choisit les grandes fleurs
de préférence pour servir de modèle.

M. Redouté, célèbre peintre de fleurs, a
rassemblé dans son jardin de Fleury-sous-
Meudon une quantité considérable de Rosiers dont son pinceau reproduit les fleurs
avec autant de grâce que de vérité.

Sainfoin vulgaire. (*Hedysarum onobrychis.*) Indigène. *Hedysarum* signifie en
grec *odeur douce*, et *onobrychis* est formé
des mots *onos*, *âne*, et *brycho*, *je crie*,
parce qu'on dit que le Sainfoin fait braire
les ânes quand ils en mangent. Son nom

de *sainfoin* lui vient de ce qu'on lui attri-
buait autrefois les vertus du *Thé*.

Sᴀᴘɪɴ ᴠᴜʟɢᴀɪʀᴇ. (*Pinus picea.*) Originaire des Alpes. *Pinus* est le nom radical.
Picea dérive de *pix, poix*, substance gluante
qu'on fait avec la résine qui découle du
Sapin. Ce suc résineux, nommé *larme de
sapin*, est très-estimé; on en tire une huile
qui a les qualités de la térébenthine. La médecine et la peinture en font usage.

Sᴀᴜʟᴇ ᴠᴜʟɢᴀɪʀᴇ. (*Salix alba.*) Indigène.
Salix dérive du latin *salire , jaillir ;* ainsi
nommé, parce qu'il croît très-vite. L'écorce
de cet arbre est astringente et fébrifuge
comme le *Quinquina.* On a tenté avec succès de faire du papier et des étoffes avec le
duvet des chatons femelles. Le Saule est
très - vivace ; au lieu de ses racines , en
mettant en terre ses branches, elles forment
sa tête , et la tête se change en racines. On
appelle Osier le *Salix vitellina.*

Sᴇɴsɪᴛɪᴠᴇ, Aᴄᴀᴄɪᴀ ᴘᴜᴅɪQᴜᴇ. (*Mimosa pudica.*) Originaire de l'Amérique méridionale. Les Grecs lui avaient donné le nom d'*Akakia*, *innocence.* Linné a préféré celui de *mimosa*, tiré d'un verbe grec qui signifie *faire des gestes.* Voy. l'Avant-Propos, p. ɪx.

SɪʟÈɴᴇ ᴀᴛᴛʀᴀᴘᴇ-ᴍᴏᴜᴄʜᴇ. (*Silene muscipula.*) Originaire d'Espagne. L'étymologie de *Silène* est incertaine. *Muscipula* signifie, en latin, *ratière.* L'odeur de cette plante attire les insectes sur sa tige garnie d'une substance visqueuse qui les arrête et produit l'effet de la glu. Plusieurs végétaux de genres différens ont le surnom d'attrape-mouche.

Sᴏʟᴇɪʟ ᴀ ɢʀᴀɴᴅᴇs ꜰʟᴇᴜʀs. (*Helianthus annuus.*) Originaire du Pérou. Du grec *helios* et *anthos*, *fleur du soleil*, parce qu'elle représente l'image de cet astre ; comme elle se dirige vers le soleil, on l'appelle vulgairement *tournesol*; mais beaucoup de fleurs ont le même penchant.

Souci des jardins. (*Calendula officina-lis*.) Originaire d'Espagne. Du latin *calenda*, parce qu'il fleurit toutes les *calendes*, c'est-à-dire tous les mois. En été, au coucher du soleil, la fleur du Souci lance des étincelles électriques. Le mot *souci* vient de *solsequium*, parce que cette fleur se tourne du côté du soleil. Dans les Jeux Floraux un Souci d'argent est adjugé pour prix de l'élégie.

Souci pluvial ou hygromètre. (*Calendula pluvialis*.) Cette plante annuelle nous vient du Cap. La fleur a des pétales étroits et longs, violâtres en dessous et d'un blanc pur en dessus. La corolle s'ouvre quand le soleil brille, et se ferme dès que le temps annonce la pluie. Cette propriété tient au phénomène de l'irritabilité.

Sumac des corroyeurs. (*Rhus coriaria*.) Originaire du midi de l'Europe. *Rhus* est formé d'un mot grec qui signifie *rouge;* ainsi nommé à cause de la couleur du fruit. Les tiges séchées et réduites en poudre grossière servent à tanner les cuirs.

SUREAU VULGAIRE. (*Sambucus nigra.*) Indigène. *Sambucus* vient d'un mot arabe qui signifie *purger*. L'épithète *nigra*, *noir*, lui est attribuée à cause de ses baies qui noircissent en mûrissant. Son écorce intérieure et ses feuilles fraîches sont purgatives, ses fleurs sudorifiques et résolutives.

TABAC CULTIVÉ. (*Nicotiana tabacum.*) Cette plante fut découverte en Amérique, vers 1496. Les Espagnols, qui la connurent d'abord à *Tabago*, île de la mer du Mexique, lui donnèrent le nom de *Tabac*. On l'a appelée *Nicotiane*, du nom de M. *Nicot*, ambassadeur de France en Portugal, qui l'introduisit à la cour de Catherine de Médicis, en 1560. Il n'est aucun végétal dont l'usage se soit étendu si universellement et si rapidement. Le tabac a triomphé des argumens de la médecine, des diatribes d'un roi d'Angleterre, des excommunications d'un pape, et de la sévérité cruelle d'un empereur turc, qui faisait couper tous les nez suspects.

THYM VULGAIRE. (*Thymus vulgaris.*) Indigène. Du grec *thymos, cœur,* parce que cette plante ranime les esprits vitaux; on la cultive dans les jardins qu'elle parfume de son odeur balsamique.

TILLEUL D'EUROPE. (*Tilia europæa.*) Indigène. *Tilia* est formé d'un mot grec qui signifie *aile,* ainsi nommé à cause des bractées de ses fleurs. Les anciens préféraient le Tilleul à tout autre ombrage. On tire de son tronc une liqueur vineuse assez agréable. On fait des cordages avec son écorce; les paysans lithuaniens en font des traits de voiture et des souliers. Ses fleurs en infusion sont journellement employées contre les vapeurs et les étourdissemens.

Truffe. (*Tuber,* nom radical.) Les Truffes naissent sous terre, et y restent tout le temps de leur existence. La *truffe comestible* se trouve dans presque toutes les forêts de la France. La *truffe parasite* s'attache aux végétaux vivans pour s'en approprier les sucs.

Tulipe cultivée. (*Tulipa gesneriana.*) Originaire de la Tartarie. Les Turcs, chez qui cette belle fleur est en vénération, lui ont donné le nom de *tulipan* (turban.) Sur les rives du Bosphore la Tulipe est le symbole de l'inconstance ; mais elle est aussi celui du plus violent amour. Le botaniste Gessner la fit connaître en 1560.

Tulipier de Virginie. (*Liriodendron tulipifera.*) *Liriodendron* est composé de deux mots grecs qui signifient *arbre aux lis.* Les fleurs de ce superbe végétal, qui offrent la forme d'une tulipe, sont d'un vert pâle, teintes à la partie inférieure de rouge et de jaune. Son tronc acquiert, en Amérique, jusqu'à trente pieds de circonférence ; on en fait des canots d'une seule pièce.

ULMAIRE OU REINE DES PRÉS. (*Spiræa ulmaria.*) Le nom d'*ulmaire* vient de la ressemblance des feuilles de cette plante avec celles de l'Orme (*ulmus.*) On l'appelle *reine des prés* à cause de sa beauté, et parce qu'elle domine les autres plantes par la hauteur de ses tiges que terminent des bouquets de fleurs blanches, petites, mais nombreuses. Les Grecs lui ont donné le nom de *Spiræa* à cause de la facilité que les branches de quelques espèces de ce genre ont de se plier en *spirales.*

VÉRONIQUE OFFICINALE. (*Veronica officinalis.*) Indigène. Son nom est celui d'une princesse qu'elle avait guérie. Cette plante a été très - célèbre ; on l'avait surnommée *thé d'Europe ;* mais elle a beaucoup perdu de son crédit.

Violette odorante. (*Viola odorata.*)
Indigène. *Viola* dérive du mot grec *ion*, qui signifie *violette*. Les Latins ont ajouté un V, selon leur coutume, pour remplacer l'aspiration douce. Quant au nom grec lui-même, il vient de la nymphe *Io;* les poëtes ont supposé qu'après sa métamorphose la Violette parut pour lui servir de pâture. Dans les Jeux Floraux la Violette était le prix d'une pièce de vers sur l'amitié.

Vulnéraire rustique. (*Anthyllis vulneraria.*) Indigène. *Anthyllis* est formé de deux mots grecs qui signifient *fleur velue*, parce que les calices sont couverts de poils. Cette plante croît dans les pâturages montagneux. Elle est la base des Vulnéraires suisses ou Thés vulnéraires, que les Allemands appellent *faltrank*.

Yeuse, Chêne vert. (*Quercus ilex.*) Originaire d'Italie. *Quercus* dérive d'un mot grec qui signifie *dur*, et *ilex* d'un mot hé-

breu qui signifie *chéne*. C'est un petit arbre dont les feuilles sont luisantes en dessus.
Elles ressemblent à celles du Houx et ne
tombent point pendant l'hiver. Quelques
espèces de Chênes verts portent des glands
doux et aussi bons à manger que des châ-
taignes. On en vend beaucoup dans les mar-
chés de l'Espagne ; et les Barbaresques en
font une sorte de pain.

FIN DES NOTES.

TABLE ALPHABÉTIQUE

DES FABLES

CONTENUES DANS CE VOLUME.

H

FIN DE LA TABLE.

IMPRIMERIE DE J. TASTU,
Rue de Vaugirard, n. 36.